**Openbare Bibliotheek
Diemen**

Wilhelminaplantsoen 126
1111 CP Diemen
Telefoon : 020 - 6902353

D1349220

DOOLHOF VAN HET LEVEN

AFGESCHREVEN

A. den Uil-van Golen

Doolhof van het leven

openbare bibliotheek amsterdam

Citerreeks

© 2010 Citerreeks, Kampen
www.citerreeks.nl
Omslagillustratie en -ontwerp: Bas Mazur
ISBN 978 90 5977 552 7
NUR 340

Alle rechten voorbehouden. Niets uit deze uitgave mag worden verveelvoudigd,
opgeslagen in een geautomatiseerd gegevensbestand, of openbaar gemaakt,
in enige vorm of op enige wijze, hetzij elektronisch, mechanisch, door fotokopieën,
opnamen, of op enige andere manier, zonder voorafgaande schriftelijke
toestemming van de uitgever.

1

Het is nog heel vroeg in de morgen. In de Achterstraat gaat een deur open. Hanneke stapt naar buiten en achter haar loopt Joris, de hond.

Blij springt hij om haar heen. Ze bukt zich en doet de halsband om. Even schudt hij met zijn kop, alsof hij zeggen wil: dat wil ik niet.

'Kom Joris, we gaan eens even van de zonsopgang genieten. Het belooft een prachtige dag te worden.'

Ze stapt stevig door en even later loopt ze over het polderweggetje.

Ze loopt een dam op en blijft voor het hek staan. Een dunne mist hangt over de weilanden. Koeien zijn silhouetten en aan de horizon ziet ze vaag de eerste stralen van de zon. Geboeid kijkt ze naar dit prachtig natuurschilderij.

Zoals altijd raakt ze onder de indruk van Gods schepping. Ze zucht een paar keer diep en kijkt naar Joris, die aan haar voeten ligt.

'Ach, kon ik eens onder woorden brengen wat ik op deze momenten voel, Joris.'

Hij kijkt haar met zijn prachtige ogen aan en ze aait hem over zijn kop.

'Ik weet dat je me begrijpt, maar je kunt het niet zeggen. Wat ben ik blij met je. Ik kan altijd alles aan je vertellen en je luistert altijd zo geduldig. Je spreekt me nooit tegen en je vertelt het ook aan niemand door.'

Ze droomt weg en allerlei beelden gaan voorbij haar ogen.

Hoelang ze zo staat weet ze niet, maar ineens ziet ze langzaam de mist optrekken en het blijkt dat de koeien dichterbij staan dan ze had verwacht.

Ze begint tegen hen te praten en zoals altijd komen er een paar naar haar toe. De dieren kennen haar stem, want ze is er zo vaak. Het weidse polderland blijft haar trekken en boeien.

'Kom Joris, we gaan verder. Er is vast nog meer moois te zien.'

De koeien lopen een eindje langs de sloot met haar mee. Joris trekt aan de riem, alsof hij zeggen wil: laat me nu toch los.

Hanneke loopt verder, totdat ze bij een dijk komt. Ze loopt die op en dan kijkt ze uit over het brede water.

Met haar handen in haar zij blijft ze staan. Joris ligt aan haar voeten.

Een paar schepen varen voorbij. Voor de rest is het nog erg stil. Alleen hoort ze wat vogels fluiten. Ze pakt een plastic tas uit haar jaszak, spreidt hem uit op de grond en gaat erop zitten. Direct gaat Joris tegen haar aan zitten en kijkt haar aan.

Ze lacht. 'Ja joh, jij weet dat ik hier graag zit. Mooi alles, vind je niet?'

Hij geeft haar een lik over haar hand en gaat weer liggen.

Met haar hoofd in haar handen blijft ze zitten. Langzaam vervaagt de omgeving en dan komen de herinneringen. Even schudt ze met haar hoofd, alsof ze die herinneringen van zich af wil schudden. Het helpt niet, ze komen met alle hevigheid terug.

Ze gaat in haar karakteristieke houding zitten en geeft er zich aan over.

Een heel andere omgeving dringt zich aan haar op. Af en toe slaakt ze een diepe zucht.

Het geluid van een auto die met hoge snelheid voorbijrijdt, brengt Hanneke terug in de werkelijkheid. Haar hoofd bonst en ze moet zich met alle geweld beheersen om maar rustig te blijven. Joris is al opgestaan en loopt snuffelend wat rond.

Waarom komen die herinneringen steeds weer terug? Na al die jaren lijkt ze het nog steeds niet verwerkt te hebben. Ze kreunt even en duwt haar handen tegen haar brandende ogen.

Kom, ze moet sterk zijn. Ze kan er niets meer aan veranderen en ze moet verder. Ze slaat haar ogen naar boven en zegt zacht: 'Heere, U hebt mij al die jaren geholpen. U zult me nooit in de steek laten.'

Ze pakt de riem van Joris en loopt de dijk af. Nu snel naar huis, want ze voelt haar lege maag.

Onderweg naar huis komt ze verschillende bekenden tegen die naar hun werk gaan. De meesten steken hun hand op als groet en zij beantwoordt die.

Ze loopt achterom en duwt de keukendeur open. Joris loopt direct naar zijn etensbak en kijkt haar vragend aan. Ze aait hem even over zijn kop en pakt het blik waar zijn eten in zit. 'Zo joh, jij bent natuurlijk weer uitgehongerd.'

Ze pakt een ontbijtbordje uit de kast en zet dat op de keukentafel. Dan neemt ze een paar boterhammen uit de broodtrommel en zet de waterkoker aan.

Joris ligt in zijn mand en volgt haar met zijn ogen.

'Zo, nu eerst wat eten. Straks heb ik nog aardig wat te doen.'

Joris slaakt een diepe zucht. Het lijkt of hij weet dat Hanneke tegen zichzelf praat.

Het eten smaakt haar beter dan ze had verwacht. Dat komt natuurlijk door de heerlijke buitenlucht. Hoewel ze hier al zoveel jaren woont, verveelt de omgeving haar nooit.

Na het eten loopt ze naar boven. Joris is haar al voor en staat haar boven aan de trap kwispelend op te wachten.

Ze bromt: 'Hoe vaak moet ik je nog zeggen dat je voorzichtiger de trap op moet gaan. Straks val je er nog een keer af en dan breek je je poten.'

Ze duwt hem opzij en gaat naar haar slaapkamer om het bed op te maken en wat rommel op te ruimen. Verschillende kledingstukken liggen nog over de stoel.

In gedachten verzonken pakt ze die op en hangt ze in de kast. Ze schuift wat klerenhangers opzij en pakt een doos die helemaal achter in de kast staat.

Haar hart begint wat sneller te kloppen als ze de doos opent. Een paar oude schriften komen eruit. Die zijn nog van haar lagereschooltijd. Ze legt ze op haar bed en dan haalt ze er voorzichtig nog iets uit. Haar handen trillen licht als ze het vastheeft. Even staat ze in tweestrijd. Zal ze het weer ongeopend terugleggen of…? Ze zucht een paar keer diep en gaat dan op haar bed zitten.

Joris zit alweer naast haar. Ze draait het boek om en om. Toch maar terugleggen? Nee, resoluut staat ze op en pakt een schaartje uit haar nachtkastje. Ze knipt het bandje kapot en slaat het boek open. Met sierlijke letters staat er op het schutblad: *Dagboek, gekregen van oma Sluiter voor mijn 18e verjaardag.* Een paar keer knippert ze met haar ogen. Waar is de tijd gebleven? Ze is nu vijfenvijftig, maar ze herinnert zich dit nog erg goed. Wat was ze altijd dol op oma Sluiter, de moeder van haar moeder. Als ze een vrije dag had, ging ze naar haar toe. Overal kon ze met haar over praten. Veel beter dan met haar moeder. Die was wel goed en lief voor haar, maar ze was altijd zo gesloten. Ze was verbaasd toen ze dit dagboek kreeg. Oma had haar gezegd dat er misschien nog eens een tijd zou komen dat ze graag wat opschreef. Toen kon ze het zich niet voorstellen, maar de woorden van oma waren maar al te zeer uitgekomen. Jammer, dat ze oma daar nooit deelgenoot van had kunnen maken. Hoewel, het was misschien wel beter zo.

Aarzelend slaat ze een bladzijde om en begint te lezen:

Eindelijk ben ik dan zover. Ik moet gewoon wat op gaan schrijven, want anders gaat het eerstdaags niet goed met mij. Een datum schrijf ik er niet boven. Het gaat er mij alleen maar om af en toe wat gedachten aan het papier toe te vertrouwen. Het zullen vaak momentopnamen zijn. Misschien verscheur ik het daarna direct, maar dan heb ik het in ieder geval geprobeerd.

Het is de laatste dagen zo'n warboel in m'n hoofd, dat ik soms niet goed meer kan denken. En slapen gaat helemaal niet goed. Daarom ga ik jou voorvallen vertellen vanaf mijn verkeringstijd met Joost. Misschien dat het me helpt om verder te gaan.

Ik ben nu alleen, want Joost is naar z'n werk. Ik wil gewoon het gevoel hebben dat ik tegen iemand praat en daarom geef ik jou, dagboek, een naam. Ik weet er ook al een. Ik noem jou Antje, want zo heette mijn liefste oma, die vorig jaar overleden is.

Wat heb ik daar nog vaak verdriet over. Dan voel ik heimwee naar oma. Zij wist zoveel van mij en zij voelde mij zo goed aan. Ik merk dat herinneringen zich ineens aan mij opdringen. 'k Laat het maar zo en schrijf ze ook maar op. Oma Sluiter is niet zo lang ziek geweest; maar drie maanden. In die maanden ging ik bijna dagelijks bij haar op bezoek. Soms maar heel even, maar dat gaf niet. Als ik haar maar een kus gegeven had en haar even had gezien, was het goed.

Nooit had ik kunnen denken dat ze niet echt oud zou worden. Zeventig jaar vond ik veel te jong. Maar ik was wel erg jaloers op haar. Ze wist dat ze naar de Heere Jezus ging. Wat heeft ze mij met veel liefde op de dienst van de Heere gewezen. Een keer heeft ze gevraagd of ik haar lievelingspsalm wilde zingen. We waren maar samen en ik zei dat ik dat niet kon. Ze keek me met haar bruine ogen aan en zei dat ik het wél kon. Met haar handen in de mijne heb ik Psalm 22 vers 12 gezongen. Het ging en het was zo goed om samen te zijn. Oma voelde ook aan dat ik opstandig was, omdat zij zo'n pijn moest lijden. Ze heeft me toen verteld dat de Heere Jezus zoveel meer pijn heeft moeten lijden om haar zonden. En dat het maar voor even zou zijn, want als ze bij Hem mocht zijn, dan zou alles vergeten zijn. 'k Weet nog zo goed dat ik me die nacht in slaap gehuild heb. Ik ga niet verder schrijven over oma, want ik merk dat er dan zoveel emoties loskomen. Antje, ik leg je even weg, want het wordt me allemaal even te veel. Tot zo.

2

*Het heeft toch langer geduurd dan ik dacht, maar nu ga ik
je weer iets toevertrouwen. Je moet weten dat ik begonnen
was iets te schrijven omdat we die week vijf jaar getrouwd
waren! Maar omdat de herinneringen aan oma me te veel
werden, kwam ik er niet aan toe. Nu ga ik weer een poging
wagen.*

*Ik ontmoette Joost ruim zeven jaar geleden op een zang-
avond. Hij viel op door zijn lengte en zijn blonde krullen-
kop.*

*In de pauze kwam hij naar me toe en maakte een praat-
je. In de week erna belde hij mij verschillende keren en ik
ging ook een avond met hem uit. Ik vond hem erg aantrekkelijk en het was wederkerig. Ik was echt in de wolken en
vertelde het ook direct aan pa en ma.*

*Zij waren blij voor mij en ik keek uit naar de avond dat
hij kennis zou komen maken. Die avond verliep toch niet zo
goed als ik had gedacht. Ik vond mijn pa nogal afstandelijk
en dat was ik helemaal niet van hem gewend. Hij was altijd
zo spontaan en open.*

*Toen ik 's avonds naar boven ging, riep hij mij. Hij keek
me ernstig aan en zei dat ik goed moest weten wat ik deed.
Uiteraard verdedigde ik Joost en vroeg m'n pa wat er aan*

hem mankeerde. Hij schudde toen een paar keer zijn hoofd en zei dat hij er geen goed gevoel bij had. Hij vond hem nogal zelfingenomen.

Ma zei niet veel en ik was eigenlijk een beetje boos op hen. Ze moesten eerst maar eens afwachten tot ze hem beter zouden leren kennen.

Een paar weken later ben ik met hem naar oma Sluiter geweest. Dat werd een gezellige avond, maar achteraf moest ik wel eerlijk zeggen dat Joost eigenlijk alleen aan het woord geweest was. Tot mijn verbazing duurde het een hele tijd dat oma tegen mij iets over Joost zei. En dat was eigenlijk precies hetzelfde als wat pa gezegd had. Ik wilde daar niet verder over nadenken, want ik was echt smoorverliefd op hem. Ik keek tegen hem op en voelde me overgelukkig dat zijn oog op mij gevallen was. Hij was als wees bij zijn grootouders opgevoed en toen die overleden waren, is hij op zichzelf gaan wonen. Hij was toen nog maar negentien jaar en toen wij verkering kregen, was hij vijfentwintig. En ik was net twintig, dus ik vond hem heel volwassen. Mijn pa en ma vonden het absoluut niet goed dat ik bij hem op de flat kwam. Ze hebben heel eerlijk uitgelegd waarom ze daar bezwaren tegen hadden en ik moest hun daar gelijk in geven. Maar toen ze het ook aan Joost vertelden, moest hij er hartelijk om lachen. Hij vond hen zeer conservatief en hij nam ze hun wantrouwen tegenover hem eigenlijk kwalijk. Ik moet je bekennen dat ik toch wel geregeld met hem mee ging naar zijn flat. Hij woonde in de stad niet ver van ons dorp. Zijn flat was smaakvol ingericht. Het verbaasde mij dat hij op deze leeftijd nog niet getrouwd was.

Hele gesprekken hebben wij in die flat gevoerd. Hij had een enorm brede belangstelling en hij had een veel hogere opleiding dan ik. Soms voelde ik me de mindere en kwamen twijfels in me op. Maar als hij me dan weer in zijn armen nam, voelde ik me overgelukkig. Toch moest ik na verloop

van tijd mijn pa en ma gelijk geven. Het werd soms moei-
lijk om op tijd weg te gaan. Hij claimde mij helemaal.
Altijd vroeg hij wat ik die dag dacht te gaan doen. In het
begin irriteerde me dat, maar al snel raakte ik eraan
gewend.
   Ik werkte op de administratie van een groothandelskan-
toor. Daar was ik na het behalen van het mulodiploma
gaan werken en ik had het er reuze naar m'n zin. Ik speel-
de weleens met de gedachte om verder te gaan studeren,
maar er kwam nooit iets van. Toen ik het er eens met Joost
over had, zei hij heel beslist dat hij dat niet wilde.
   En hij zei ook dat hij ervan uitging dat ik thuis zou blij-
ven als we getrouwd waren. Dat vond ik wat vreemd en ik
ging er ook tegen in. Maar hij was zo gedreven om mij uit
te leggen dat het in de eerste plaats helemaal niet nodig was
om te blijven werken, omdat hij een heel goede baan had.
En hij vond het ook bijbels om thuis te blijven. Ik durfde er
niets meer tegen in te brengen, maar het zat me niet echt
lekker. Als ik in die tijd een vriendin had gehad, dan zou ik
er met haar over hebben kunnen praten, maar die had ik
niet. Mijn ouders hebben me altijd gestimuleerd om vrien-
dinnen te zoeken, maar ik had er gewoon geen behoefte
aan. Ik was enig kind en mijn ouders waren goed voor me
en ik had thuis altijd zoveel te doen dat ik een vriendin
nooit miste. Lezen was mijn grote hobby, waarschijnlijk
m'n verslaving. Daarnaast ging ik vaak naar oma Sluiter.
Zij bleef jong in haar doen en laten en we gingen vaak
samen op stap. Mijn oma vroeg dan soms of ma ook mee-
ging, maar die bleef liever thuis. Zodoende is m'n moeder
altijd een beetje een vreemde voor me gebleven.
   Maar ik merk dat ik weer afdwaal. Ik heb ook altijd
zulke verwarde gedachten en die gaan overal en nergens
heen. Om kort te gaan, na anderhalf jaar verkering zijn
we getrouwd. M'n pa vond het veel te snel en ook oma

maakte de laatste tijd vaker een opmerking over Joost. Ik snapte echt niet wat ze bedoelden, want hij was gewoon goed voor mij. Een enkele keer kwamen de twijfels weer bij me opzetten, want zijn bezitterige houding naar mij toe verontrustte me weleens. Maar dan dacht ik dat het kwam doordat hij zo gelukkig was dat we elkaar gevonden hadden.

Een paar maanden voor we trouwden, waren we een dag weg geweest. We hadden genoten en 's avonds nam hij me nog even mee naar de flat. Hij had me zover gekregen dat ik het goed vond dat we niet veel nieuwe meubelen zouden kopen. Hij was namelijk hard aan het sparen om een huis te kunnen kopen op het platteland. Dat vond ik prima en omdat ik zijn smaak kon waarderen, had ik er ook geen moeite mee.

Die avond heb ik voor mezelf echt alles op alles moeten zetten, want Joost zei zoveel van me te houden dat hij me helemaal wilde bezitten. Even schrok ik van zijn heftigheid, maar ik bleef op mijn standpunt staan dat ik dat niet wilde voor we getrouwd waren. Hij smoorde m'n verweer met zijn kussen, maar vanbinnen riep ik naar God, of Hij me kracht wilde geven. Dat klinkt misschien overdreven, maar dat voelde ik toen echt zo. Op een gegeven moment liet hij me los en mompelde wat. Ik heb gevraagd of hij me naar huis wilde brengen en dat deed hij direct. Zonder me een kus te geven, liet hij me uit de auto stappen en reed met hoge snelheid weg. Ik heb die nacht niet erg veel kunnen slapen.

De volgende dag kwam hij weer en ik merkte helemaal niets meer aan hem. Hij was zoals altijd heel belangstellend en had alle aandacht voor me. Daarom verdwenen die nare gedachten weer snel.

De trouwdag was heel geslaagd. Op het gemeentehuis was het een zakelijke ceremonie met een oppervlakkig *praatje. Ik werd dus mevrouw De Hoogt. Tijdens de kerk-dienst kregen we als trouwtekst mee:* Ken Hem in al uw wegen. *Joost was eigenlijk een beetje ontstemd, want hij vond de dominee veel te somber in zijn toonzetting. Ik was er juist erg van onder de indruk en ik merkte dat m'n ouders en oma het ook een fijne dienst vonden.*

's Avonds hadden we een uitgebreid diner en daarna de receptie. Omdat Joost ook niet veel familie en vrienden had, was het geen drukke receptie, en om halftwaalf gingen we al naar huis.

Ik beleefde heerlijke maanden. Joost had alle aandacht voor me en ik genoot van het samenzijn. Ik hield zoveel van hem, dat ik bijna alles deed wat hij wilde. Ik wilde een zo goed mogelijke vrouw voor hem zijn, ook op seksueel gebied.

Gelukkig was ik op dat gebied goed voorbereid. Hoewel mijn moeder altijd erg stil was, had ze me wel genoeg boe-ken gegeven waarin ik van alles kon lezen.

En met oma kon ik daar heel open over praten. Het ver-baasde mij vaak dat zij op haar leeftijd zo kon zijn.

Na een paar maanden kreeg ik geregeld kritiek op het eten dat ik kookte. Hij wilde graag dat ik elke dag verse groenten haalde en het liefst biologisch.

Op mijn verbaasde vragen legde hij een boek voor m'n neus met de opmerking dat ik dat maar moest lezen. Ik heb het geprobeerd, maar ik begreep er eerlijk gezegd niet zoveel van. Het was een uiteenzetting op niveau over al de voordelen van biologische groenten en fruit. Om ruzie te voorkomen, deed ik m'n best om het naar zijn zin te maken. Maar het gebeurde ook weleens dat ik gewoon niet alles kon krijgen wat ik hebben wilde.

Eens gebeurde het dat ik soep gekookt had. Ik had er ook nog een pakje doorheen gedaan en ik vond hem zelf erg lekker. Joost proefde en proefde nog eens en vroeg of het echt verse soep was. Ik vertelde hem eerlijk hoe ik de soep gekookt had.

Zonder iets te zeggen, pakte hij zijn bord, gooide de soep terug in de pan, pakte die op en liep naar het toilet. Ik vroeg hem wat hij ging doen, maar hij gaf geen antwoord. Ik liep hem achterna en zag nog net dat hij de inhoud van de pan door het toilet spoelde. Verdwaasd keek ik hem aan en vroeg hem waarom hij dat deed. Zijn antwoord verwarde me nog meer, want hij zei dat hij niet ons beider leven wilde verkorten door ongezond te eten. Ik wist niets meer terug te zeggen, maar voor de eerste keer was hij een vreemde voor me.

Hanneke legt het dagboek naast zich neer en aait Joris over zijn kop. Hij geeft haar een lik over haar arm. Ineens zit ze naast hem op de grond en slaat haar armen om hem heen. Ze snikt. Joris blijft doodstil staan. Het lijkt of hij het aanvoelt.

Ze zucht een paar keer diep en staat op. Ze pakt een papieren zakdoek en snuit haar neus. Heeft ze er goed aan gedaan om het dagboek op te zoeken? Waarom heeft ze het niet verscheurd of verbrand? Diep in haar hart weet ze het antwoord. Ze is nog steeds niet los van het verleden en ze vraagt zich af of ze ooit zover zal komen. Ze neemt zich voor om het dagboek weg te doen als ze het helemaal gelezen heeft. Ze zal vast een moeilijke periode krijgen, maar dan heeft ze het misschien kunnen verwerken.

'Kom Joris, we gaan naar beneden. Ik heb trek in een sterke bak koffie en jij zult ook wel dorst gekregen hebben.'

Voor ze naar beneden loopt, legt ze het dagboek onder haar kussen.

3

Hanneke staat lang voor haar slaapkamerraam en kijkt naar buiten zonder iets te zien. Ze is moe. Niet zozeer van het werken wat ze vandaag gedaan heeft, maar veel meer van het denken.

Als ze haar benen voelt, draait ze zich om, pakt het dagboek vanonder haar kussen en loopt ermee naar beneden. Joris ligt in zijn mand en licht even zijn kop op als ze de kamer in komt. Ze loopt naar de telefoon en trekt de stekker uit het stopcontact. Ze wil nu even niet gestoord worden.

Ze zet een glas vruchtensap voor zichzelf op de salontafel.

Ze pakt het dagboek en doet het open. Ze bladert even en begint te lezen.

Het duurde even voor ik je weer wat meer kon vertellen. Toen we bijna twee jaar getrouwd waren, kwam Joost op een keer heel enthousiast thuis met een advertentie, die hij op zijn werk uit een krant had geknipt. Daarin werd een huis te koop aangeboden. En niet zomaar een huis, nee, een huis waarvan hij altijd gedroomd had. Een soort droomhuis dus voor hem. Het huis stond helemaal alleen in een polder, ongeveer veertig kilometer verwijderd van de stad waar we woonden. Op de foto zag het er allemaal heel leuk en aantrekkelijk uit. Zijn enthousiasme werkte aanstekelijk en eer het avond was, had hij al gebeld en een afspraak gemaakt voor de eerstvolgende zaterdag. We zeiden niets tegen mijn ouders, want we wilden eerst meer weten. Het was inderdaad een vrij groot, goed onderhouden huis met een grote schuur en aardig wat grond eromheen. Je had er een prachtig uitzicht.

Ik verbaasde me over de zakelijke manier waarop Joost alles afhandelde. Het resultaat was dat hij nog ruim tienduizend gulden van de prijs af kreeg. Hij zegde de makelaar toe binnen drie dagen zijn beslissing door te geven. Opgewonden reden we direct door naar mijn ouders en vertelden het hun. Ma reageerde zoals altijd, met weinig woorden en niet echt enthousiast. Pa was al snel in een serieus en zakelijk gesprek verwikkeld met Joost en vroeg hem naar allerlei details. Het leek dat pa gerustgesteld was, want toen we weggingen, zei hij dat het hem een goede koop leek.

Je begrijpt dat alles in een versneld tempo kwam. Joost wilde zo snel mogelijk verhuizen, maar ik had nogal wat bezwaren. Want ik wilde het wel volgens onze smaak inrichten. Volgens Joost hoefden we er weinig aan te doen. Het zag er allemaal keurig onderhouden uit en de meubels konden we meenemen. Verven konden we ook doen als we er woonden. Op mijn vraag of er dan geen nieuwe keuken en badkamer in mochten, reageerde hij erg geïrriteerd. Ik moest me maar eens meer realiseren dat we het al zo goed hadden. Hij had gekeken naar de badkamer en keuken en daar konden we het voorlopig makkelijk mee doen.

Weer kwam dat akelige gevoel in me op. Hield hij dan helemaal geen rekening met mijn voorkeur? Was het voor *hem alleen belangrijk om vrij te kunnen wonen? Toen ik het hem 's avonds een keer vroeg, kreeg ik zo'n uiteenzetting over de voordelen van een vrijstaand huis met de mogelijkheid om eigen groenten en fruit te gaan telen, dat ik niets meer durfde te zeggen.*

Ik voelde me wel ellendig. En dat ellendige gevoel werd nog versterkt toen ik een paar dagen later bij mijn ouders was. Mijn vader was 's middags eerder thuis en vroeg wat bijzonderheden over het huis. Hij merkte aan mij dat mijn enthousiasme al behoorlijk gedaald was. Hij zei toen letterlijk: 'Joost heeft nu zijn bestemming gevonden. Ik raad jou aan om werk te zoeken. Niet voor hele dagen, maar in ieder geval dat je iets anders omhanden hebt, want anders vereenzaam je.'

Met een verdrietig gevoel ging ik naar huis. Joost was al thuis en hij verweet mij dat ik er niet was toen hij thuiskwam. Ik hoorde er altijd voor hem te zijn.

Stil ging ik het eten klaarmaken en ook 's avonds zei ik weinig. Joost bleef aan het praten over ons aanstaande huis. Hij had het al helemaal voor elkaar. Hij wist precies te vertellen hoe de indeling en inrichting van alles zou worden.

's Avonds in bed vroeg hij me ineens of ik niet blij was dat we gingen verhuizen. Toen ik 'Ja, natuurlijk wel' zei, was zijn antwoord dat ik het dan maar moest laten merken. Die avond heb ik me in slaap gehuild. Joost stond zo ver bij me vandaan. En toch hield ik zo veel van hem. Maar op sommige punten kon ik hem gewoon niet bereiken.

Gelukkig had ik de komende tijd geen gelegenheid om te tobben. Er was zoveel te doen. Mijn ouders hielpen zoveel ze konden, maar altijd wanneer Joost erbij was. Het leek wel of hij niemand anders vertrouwde. Hij zei wat ze mochten doen en hoe hij het wilde hebben. Dat ging een paar weken goed. Totdat m'n vader het op een vrijdagavond zo beu was, dat hij zijn jas aantrok en tegen Joost zei: 'Nou

jongen, ik ga, en als jullie alles in orde hebben, komen we wel een keer kijken.'
Het leek alsof Joost niet begreep waarom pa en ma weggingen. Hij vond het prima en ging gewoon verder met zijn werk. 'k Zal er niet verder over uitweiden, want dan blijf ik schrijven. Ik heb me die avond weer in slaap gehuild. In ieder geval, na een paar maanden trokken we in ons droomhuis. Nee, nu ben ik niet helemaal eerlijk: het was het droomhuis van Joost. Steeds vaker merkte ik dat hij zijn ideeën op mij over wilde brengen. En hij ging er ook gewoon van uit dat ik het in alles met hem eens was. 'k Probeerde naar buiten toe de gelukkige Hanneke te zijn, maar dat lukte me niet altijd.

Even legt Hanneke het dagboek naast zich neer. De herinneringen dringen zich zo aan haar op. Ze loopt naar de cd-speler, pakt een cd uit het rek en doet hem erin. Dan gaat ze weer zitten en luistert naar de muziek. Maar deze keer lukt het haar niet, daar is ze te onrustig voor. Ze pakt het dagboek en bladert even verder. Sommige bladzijden wil ze gewoon niet lezen, dat is te heftig voor haar.

Joris staat ineens naast haar en legt een poot op haar arm. Ze glimlacht en aait hem over zijn kop.

'Als ik jou toch niet had!' zegt ze zacht. Met een zucht laat hij zich weer op de grond zakken.

Hanneke leest verder.

Soms denk ik dat ik niet in staat ben op te schrijven hoe ik me in die omstandigheden voelde, waarover ik schrijf. Maar Antje, omdat ik weet dat jij me begrijpt, probeer ik het maar weer. Anders denk ik dat het niet goed gaat met me.

Je weet dat we in het nieuwe huis bezig waren. Nadat mijn ouders weggegaan waren, voelde ik me toch wat opgelaten. Ik wilde er niet direct tegen Joost over beginnen, maar toen we 's zondags uit de kerk kwamen, heb ik een poging gewaagd. Hij luisterde naar me en toen ik uitgepraat was zei hij: 'Waar maak jij je druk over? Ik mag toch wel zeggen hoe ik het wil hebben? Ik weet heus wel dat er weinig mensen zijn die zo precies zijn als ik. Daarom is het beter dat ik het zelf doe.' Ik was echt sprakeloos. Even vroeg ik me af of hij wel gevoel had.

Ineens voelde ik me heel erg moe en ik had ook geen zin meer om ertegen in te gaan. Gelukkig was hij die zondag goed voor me en eer het avond was, was ik het alweer vergeten.

Nu merk ik gewoon dat ik wat ga bibberen met schrijven, maar ik ga toch door. Ik had een paar heerlijke weken met hem. Hoewel hij wel erg veeleisend was op seksueel gebied. Na een paar weken wilde ik hem verrassen door boven een kamertje zelf te behangen. Ik voelde me gewoon wat opgewonden. Wat zou hij die avond opkijken. Het was geen groot kamertje en ik deed m'n uiterste best. 'k Was buitengewoon trots op het resultaat en toen hij thuiskwam, nam ik hem enthousiast mee naar boven. O Antje, je zult het niet geloven, maar het is werkelijk gebeurd. Ik liet hem het kamertje zien en verwachtte al min of meer een compliment. Maar wat denk je? Hij liep keurend door het kamertje en voor ik goed en wel besefte wat er gebeurde, had hij twee banen behang eraf getrokken. Ik was met stomheid geslagen en prompt begon ik te huilen. Hij draaide zich naar me om en zei: 'Je had het beter met mij kunnen doen, want het ziet er niet uit!'

Op dat moment voelde ik me razend worden en het liefst had ik hem allerlei verwijten naar het hoofd geslingerd. Maar ik zei niets... helemaal niets. Ik was vanbinnen kapot... Misschien ook een overdreven reactie van mij, maar ik hunkerde zo naar een blijk van waardering van hem. En dan zoiets! Hij sloeg zijn arm om me heen, alsof hij medelijden met me had, en nam me mee naar beneden. Later op die avond vroeg ik me wel honderd keer af waarom ik niets gezegd had, maar ik kon het gewoon niet! Wel nam ik voor mezelf het besluit om nooit meer iets te doen. Ik was gewoon murw geslagen.

De andere avond kwam oma onverwacht. Wat was ik blij, maar aan de andere kant ook ongerust, want oma zag altijd zo scherp. Ze vond het huis heel mooi geworden en ze was blij voor ons dat we het zo goed getroffen hadden. Joost glunderde helemaal en liet oma alles zien. Toen hij dat gedaan had, zei hij dat hij andere dingen te doen had, maar dat ze zich vast niet met mij zou vervelen. Zodoende was ik de rest van de avond alleen met oma. Anders had ik altijd zoveel te vertellen, maar nu stokte het gesprek steeds. Gelukkig vroeg oma verder niets.

Om halftien stond ze op om naar huis te gaan. Ik liep met haar mee naar de auto. Joost was nergens te bekennen en oma zei dat ik hem dan maar de groeten moest doen. Voor ze in de auto stapte, pakte ze mijn gezicht tussen haar handen en keek me even heel doordringend aan. Ze drukte me tegen zich aan en gaf me een kus op mijn voorhoofd. Toen fluisterde ze: 'M'n lieve kleindochter.' Zonder verder nog iets te zeggen, stapte ze in de auto en reed weg. Door een waas van tranen zwaaide ik haar na.

Ik heb toen heel lang gehuild. Joost kwam pas laat thuis en toen ik vroeg waar hij geweest was, gaf hij wat ontwijkende antwoorden. Ik moest leren dat hij sommige dingen alleen af moest handelen. Zodoende voelde ik me nog ellendiger, maar ik had de puf niet meer om te reageren. Hij zei wel tegen mij dat ik er moe uitzag en dat ik beter naar bed kon gaan. Ik treuzelde wat, want ik wilde zo graag dat hij

*me in zijn armen nam en dat ik me veilig bij hem voelde.
Maar dat gebeurde niet. Het was al na middernacht toen
Joost naar bed kwam.*

4

Ze legt het dagboek naast zich neer en pakt haar glas. Net als ze weer wil gaan zitten, hoort ze de voordeur opengaan. Snel pakt ze het dagboek en schuift het onder de bank. Joris is al uit zijn mand gesprongen en loopt kwispelstaartend naar de kamerdeur.

Met een zwaai gaat die open. 'O ma, je bent er toch, gelukkig, en zo te zien ook gezond!'

Bezweet staat Steef in de deuropening.

'Hoezo?' Verbaasd kijkt Hanneke haar zoon aan.

'Nou, wat denkt u? Ik heb al verschillende keren gebeld en steeds kreeg ik de ingesprektoon. Ik werd een beetje ongerust en daarom ben ik even gekomen. Maar zo te zien is alles goed met u.'

'Gelukkig wel. Maar kon je dan niet even met de auto komen? Je hebt nu wel meer dan twintig kilometer moeten fietsen.'

'Maakt niet uit. Is goed voor m'n conditie.'

Hanneke kijkt hem even aan, maar gaat er verder niet op in.

'Wil je wat drinken?'

'Even dan.'

Hij laat zich in de grote fauteuil vallen en zegt

lachend tegen Joris: 'Nee jongen, ik ga nu niet stoeien met je. Ik moet eerst uit uitblazen. Ik heb zo hard gefietst.'

Joris draait zich om en gaat weer in zijn mand liggen.

Hanneke zet een glas cola voor Steef neer en houdt hem een schaal met koeken voor.

'Nee mam, ik moet erg op m'n gewicht letten.'

'Stel je niet zo aan.'

'Ik meen het. 'k Ben het laatste halfjaar bijna vijf kilo aangekomen en dat wil ik niet. En ik niet alleen, maar Willeke vind het ook niet fijn.'

'Goed, dan breng ik het even terug naar de keuken. Want anders komt Joris te veel in de verleiding.'

'U hebt de groeten van Willeke.'

'Dank je. Doe haar de groeten terug.'

Ze ziet dat er een vragende blik in zijn ogen is.

Eindelijk zegt hij: 'Mam, is er iets? U ziet er wat sip uit.'

'Gelukkig niet, hoor. 'k Ben alleen wat moe.'

'U moet eens wat vaker uitgaan. Wat meer afleiding zoeken, dat is goed voor een mens.'

'Dat is het laatste waar ik behoefte aan heb,' klinkt het kortaf.

'Ik bedoel het goed.'

'Dat weet ik, Steef, maar ik heb het hier gewoon naar m'n zin. Ik geniet nog steeds van de omgeving en ik vind dat ik afleiding genoeg heb.'

'Ik zou het hier niet uithouden!'

'Dat begrijp ik. Jij bent daar veel te onrustig voor.'

Steef schiet in de lach. 'U hebt gelijk. Het is maar goed dat Willeke zo rustig en evenwichtig is.'

Als hij zijn glas cola leeggedronken heeft, kucht hij een paar keer. 'Mam, ik moet u nog iets vragen.'

'En dat is?'

'Nou eh, wij hebben volgende week zaterdag een feestje. En wij zouden het erg op prijs stellen als u dan ook komt.'

'Een feestje?'

Het ontgaat haar niet dat Steef een kleur krijgt. 'Ja, we willen vieren dat we vijf jaar bij elkaar zijn.'

Hanneke slikt een paar keer en kijkt haar zoon lang aan. Hij voelt zich niet prettig onder die blik en onwillekeurig gaat hij wat meer rechtop zitten.

'Je vraagt naar de bekende weg, jongen,' klinkt het dan zacht.

Heftig reageert hij: 'Hebt u het nu nog steeds niet geaccepteerd dat ik er andere ideeën op na houd dan u?'

'Je weet goed hoe ik erover denk en ik blijf bij mijn standpunt...'

'Dus?'

'Als je me nu even uit laat praten! Ik heb je al zo vaak uitgelegd dat ik op dergelijke feestjes niet kan komen. En dat heeft niets met de liefde te maken die ik voor jou voel. Je bent en blijft mijn kind en daarom doet het me zo vaak pijn te zien dat je een heel ander leven bent gaan leiden. Ik vind nog steeds dat je er zonde mee doet. In de Bijbel staat heel duidelijk dat het seksuele leven alleen bedoeld is voor binnen het huwelijk. En ik kan het niet met mijn geweten in overeenstemming brengen om dan naar een feestje van jullie te gaan omdat jullie vijf jaar samenwonen. Geloof me, Steef, dat kan ik tegenover de Heere niet verantwoorden.'

Ze zwijgt en veegt met haar hand langs haar voorhoofd.

'Mam, het is toch mijn verantwoording? En als u

zegt dat u van mij houdt, dan kunt u er toch gewoon zijn?'

'Nee, dat kan ik niet!'

'Nou, dan moet u het zelf maar weten. En Willeke zal het helemaal niet begrijpen. Maar mam, eh...' Even lijkt het alsof hij naar woorden moet zoeken, dan gaat hij verder: 'Ik houd ook nog steeds veel van u, hoor. Maar als ik dan denk aan al die jaren dat u met pa getrouwd was! U probeerde tegenover mij altijd te doen alsof het goed was tussen jullie, maar ik voelde heus wel aan dat het niet zo was. En toen ik ouder werd, zag en hoorde ik genoeg. Maar goed, dat heb ik u al eerder verteld. Ik heb nooit begrepen dat u al die tijd bij hem gebleven bent! U bent gewoon te goed geweest voor hem! En wat was het resultaat? Hij liet u en ook mij mooi in de steek. Hij had zogezegd een betere vrouw gevonden...' Steef is steeds heftiger gaan praten en Hanneke voelt dat ze hem nu niet in de rede moet vallen.

'Ik was bijna zeventien toen hij ons in de steek liet. Altijd dacht hij eerst aan zichzelf. Weet u dat ik nooit een vader heb gehad? Ik moest altijd naar zijn verhalen luisteren en hij probeerde me op alle mogelijke manieren voor zijn hobby's te interesseren. Blijkbaar had hij nooit in de gaten dat een kind ook andere interesses kan hebben. En u maar de hand boven zijn hoofd houden. Nee mam, toen ik bij Willeke thuiskwam, wist ik niet wat ik meemaakte. Zij had tenminste een vader...' Hij zwijgt ineens, want hij ziet tranen bij Hanneke. Met een paar stappen is hij bij haar en hij slaat zijn armen om haar heen.

Met hese stem zegt hij: 'Ik wil u geen pijn doen. Maar zo heb ik het echt ervaren. Maar van u heb ik altijd gehouden. Ik voelde dat u mij begreep, maar u kon vaak niet anders. Ik weet heus wel dat hij u helemaal claimde. Toe mam, huil nu niet.'

Ze kijkt hem aan door haar tranen heen en glimlacht.

'Het is alweer over. Ik ben blij dat je van me houdt. En wat je vader betreft: je hebt gelijk. Ik had het ook zo graag anders gewild, maar...'

Steef valt haar in de rede. 'Maar al uw bidden heeft dus niets geholpen! En daarom hoeft het voor mij niet meer, mam. Laat mij mijn leven zo maar houden. Ik ben nu gelukkig en wie weet trouwen Willeke en ik nog een keer. Waarom probeert u toch niet wat meer van uw leven te maken? Ik weet zeker dat u ook nog gelukkig kunt worden! U ziet er nog helemaal niet oud uit. U hebt voor uw leeftijd een goed figuur en lelijk bent u ook niet!'

'Steef, ik trouw nooit meer! Mijn leven is zo lopen en ik heb door alle verdrietige dingen heen mogen ervaren dat de Heere van me af weet. Zou Hij dan niet voor me blijven zorgen?'

Hij haalt zijn schouders op. 'Nou, ik moet zeggen dat ik er niet jaloers op ben. Weet u dat ik u eigenlijk altijd een angsthaas gevonden heb?'

'Wat?' Onwillekeurig moet ze glimlachen.

'Ja, echt waar. U was altijd bang dat u iets verkeerd zou doen. Telkens weer zei u ook tegen mij dat ik iets niet mocht doen, want daar zou ik God verdriet mee doen. Ik wist daar niet altijd raad mee, hoor. Zodoende was ik ook vaak angstig. En zeker als ik vergeten was m'n avondgebed te doen.'

'Heb je geen andere herinneringen?'

Hij slaat zijn ogen onder haar blik neer. 'Ja, dat wel. Ik vond het altijd heel fijn als u met mij bad. Ik ben ook vaak bang geweest, maar ik weet nu dat het kwam door pa. Ik voelde me vaak door hem in de steek gelaten en dan was ik zo blij dat ik u had. Maar nee, mam, ik wil geen angstig leven. Ik wil gewoon gelukkig zijn. En trouwens, ik heb een paar keien van collega's. Die zijn ook christen, maar lang niet zo benauwd als u. Zij zijn heel vrolijk en staan ook altijd voor iedereen klaar. Ze hebben het vaak heel vrijmoedig over Jezus en wat Hij voor hen betekent. Kijk, als ik het vroeger zo gehoord had?'

Hanneke zucht en wil wat zeggen. Maar daar krijgt ze de kans niet voor, want Steef staat op.

'Ik weet wat u zeggen wilt, maar dat hoeft niet. Ik weet goed wat ik doe. 'k Heb medelijden met u, want ik zou u zo graag gelukkig zien.'

'Steef, als ik mag weten dat God voor me zorgt en dat ik mag weten Zijn kind te zijn, dan ben ik gelukkig. Geloof me.'

'Daar doe ik al geen moeite meer voor, want daar snap ik toch niets van. En trouwens, dan mag u toch ook nog van het leven genieten? U zit hier altijd maar alleen.'

'Dat is niet waar, hoor. Ik krijg heus weleens bezoek, maar ik heb er geen behoefte aan om iedere dag weg te zijn. Ik heb het hier thuis gewoon naar m'n zin. En ik heb Joris ook nog.'

Hij lacht. 'Gelukkig wel voor u, mam. Dat is destijds een heel goede zet van mij geweest. In ieder geval, 'k zal het proberen uit te leggen aan Willeke waarom u niet komt.'

Ze loopt met hem mee naar de voordeur. Joris loopt ook kwispelstaartend mee. Als Steef hem over z'n kop aait, geeft Joris hem een lik over zijn arm.

'Doe voorzichtig. Het is bijna donker.'

Als Steef de bocht om is, sluit ze de deur, doet de

knippen erop en loopt terug naar de kamer. Ze gaat weer op de bank zitten en dan ineens komen de tranen. Het lijkt of ze niet op kan houden.

Joris gaat niet in zijn mand, maar laat zich met een grote zucht naast haar op de grond vallen. Ze is blij dat Steef zich zo uitgesproken heeft. Ze heeft dikwijls gedacht dat het hem weinig heeft gedaan, maar nu weet ze wel beter. Ze heeft met alles wat in haar was hem in alles geholpen. Gelukkig zorgde Joost ervoor dat Steef door kon blijven studeren. Daar heeft hij nooit moeilijk over gedaan. Wat was ze blij toen hij slaagde voor zijn studie autotechniek! Wat heeft ze genoten van de tijd dat hij bij haar bleef. Dat hij niet op kamers wilde gaan wonen, omdat hij haar niet alleen wilde laten. Tot hij Willeke tegenkwam, toen werd alles in zeer korte tijd anders. Ze zag Steef veranderen en zij kon er helemaal niets aan doen. Hij hield echt van haar, daar twijfelde ze niet aan. Maar hoe ze ook praatte, het hielp allemaal niets. Hij zei eerlijk tegen haar dat de kerk hem nooit veel gezegd had. Hij vond het vervelend voor haar, maar hij wilde wel eerlijk zijn. Ze heeft in die tijd erg veel gehuild en ze heeft zich een hele periode niet goed gevoeld. Wat heeft ze in die tijd mogen ervaren dat de Heere van haar af wist. Dat Hij haar door die vreselijke periode van eenzaamheid heen heeft geholpen.

Ze zucht. Ze denkt aan die keren dat Aart van Holten bij haar geweest is. Dat heeft ze Steef nooit willen vertellen. Hij kent hem vast nog wel van vroeger, maar ze wil deze ontmoetingen voor zichzelf houden. Ze vond het helemaal niet fijn toen ze hem de eerste keer zag. Hij was erachter gekomen waar ze woonde en had niet gerust voor hij haar had kunnen spreken. Na een paar bezoeken heeft ze hem duidelijk gemaakt dat het beter was dat hij niet meer kwam. Omdat ze nooit meer kon trouwen. Hoe hij haar ook van het tegendeel probeerde te overtuigen, ze bleef bij haar standpunt.

Ze kon en wilde zich niet meer binden aan een man. Hoeveel strijd haar dat gekost heeft, wist niemand. Dat kon ze alleen bij God kwijt. Hij wist van haar strijd en eenzaamheid en dat gaf haar soms echte rust.

Joris geeft haar een lik over haar arm en loopt naar de keukendeur.

'O, ik zou helemaal vergeten om je nog uit te laten. Kom op, we gaan eerst nog even een rondje doen.'

5

Het belooft een prachtige dag te worden. De lucht is strakblauw en de zon is net opgekomen. Even blijft Hanneke in de deuropening staan om het in zich op te nemen. Joris is ongeduldig en trekt aan de riem.

'Ja, jij ziet die prachtige dingen niet. Kom maar, dan gaan we.'

Ze hangt haar tas over haar schouder en loopt met Joris de straat uit. Het lijkt of hij weet waar ze naartoe gaan, want zonder aarzelen loopt hij naar de dijk.

Ze glimlacht. 'Goed hoor, jij begrijpt mij beter dan ik denk. Toe maar.'

Met moeite kan ze hem bijhouden als hij de dijk op loopt. Boven blijft hij kwispelstaartend staan.

'Schitterend.'

Ze maakt de riem van Joris los en hij springt blij om haar heen.

Dan pakt ze een plaid uit de tas, spreidt hem op de grond en gaat zitten. Met haar handen om haar opgetrokken knieen blijft ze een tijd voor zich uit kijken. Ondertussen snuffelt Joris wat rond.

Ze is blij dat ze zo vroeg uit bed gegaan is. Ze heeft heel de nacht onrustig geslapen en telkens werd ze wakker. Het bezoek van en het gesprek met Steef vorige week hebben haar meer gedaan dan ze dacht. Het laat haar niet los en vannacht heeft ze zich steeds weer afgevraagd of ze er goed aan gedaan heeft te weigeren naar hun feestje te gaan. Aan de ene kant trekt de liefde voor haar kind, maar aan de andere kant weet ze dat als ze één keer toegeeft, ze steeds meer moet inleveren. Ze weet ook dat hij vandaag niet zal bellen om haar nog op andere gedachten te brengen. Maar in gedachten is ze vanavond bij hem.

Na een tijdje voelt ze de spanning uit haar lichaam wegtrekken. Heerlijk vindt ze het om hier te zitten. In de verte ziet ze een paar schepen.

Ze hoeft niet bang te zijn dat ze door andere mensen gestoord zal worden. Daar is het nog veel te vroeg voor.

Ze aarzelt even, dan pakt ze haar dagboek uit haar tas en zoekt waar ze de vorige keer gebleven is. Na die bewuste avond met Steef heeft ze moed niet op kunnen brengen om er verder in te lezen.

Antje, je zult van de ene verbazing in de andere vallen. Zeker wat ik je nu weer ga vertellen. Ik had je de vorige keer verteld dat we in ons nieuwe huis woonden. De eerste weken leek Joost naar mij toe ook anders. Hij had wat meer aandacht voor me en ik merkte dat hij genoot van de nieuwe omgeving. Al vrij snel kwam hij met het voorstel om een dag minder te gaan werken. Hij zou dan die ene dag helemaal kunnen besteden aan het huis en de tuin. En hij ging ervan uit dat ik daar geen bezwaren tegen had.

Hij vond eigenlijk dat hij te veel verdiende, omdat we elke maand overhielden. Hoe ik hem er ook van probeerde te weerhouden, het hielp allemaal niets. Ik zei hem ook dat het goed was om te sparen, want stel je voor dat we voor onvoorziene uitgaven kwamen te staan. Maar dat wimpelde hij allemaal weg door te zeggen dat we dan maar wat minder luxe moesten gaan leven.

Ik hoopte natuurlijk dat zijn baas het niet goed zou vinden, maar wat denk je? Toen ik daar een opmerking over maakte, zei hij dat hij alles al geregeld had! Het is toch niet te geloven? Een paar keer ben ik zelfs kwaad geweest, maar dat hielp helemaal niet. Dan keek hij me zo meewarig aan. En hij ging er ook helemaal niet op in: hij negeerde me gewoon. En Antje, tegen negeren kan ik absoluut niet.

De eerste weken leefde ik ook een beetje in een roes, want ik deed zoveel nieuwe indrukken op. De dag dat hij thuis was, was hij opvallend aardig tegen me. Weet je dat ik het heel erg vind, dat ik het je zo moet vertellen? Ik keek steeds meer uit naar een blijk van liefde van hem, want ik hield en houd nog steeds veel van hem. Ik stelde hem voor dat ik, als hij die dag thuis was, dan naar mijn ouders zou gaan, want dan hoefde ik niet met het openbaar vervoer. Daar werd hij erg kwaad om. Ik moest juist blij zijn dat hij een hele dag extra in de week bij mij was!

Uiteindelijk stemde hij ermee in dat ik dan om de twee weken naar mijn ouders ging. Daar keek ik gewoon naar uit en ik merkte ook aan mijn moeder dat ze het fijn vond als ik kwam. Soms kregen we onverwacht een gesprek en dan was ik zo blij. Pa was wegens hartzwakte afgekeurd, zodat hij ook altijd thuis was. Soms ging ik met hem wandelen en dan genoot ik. Op hun vragen hoe het ging, zei ik altijd dat het prima ging en dat we genoten van ons nieuwe huis. 'k Twijfelde er soms aan of mijn vader me altijd geloofde.

Maar wat ik je wilde vertellen, is iets anders. Op een keer stond ik, nadat ik die dag bij m'n ouders was geweest, in een file. Later hoorde ik dat er een ongeluk was gebeurd. Toen ik thuiskwam, negeerde Joost me totaal. Hij vroeg niet waarom ik zo laat was, maar ging gewoon door met zijn werk in de tuin. Toen ik hem nog eens vroeg waarom hij niets zei, antwoordde hij: 'Ik kan je niet vertrouwen; je houdt je niet aan de afspraken.'

Ik begreep hem totaal niet en legde hem heel uitvoerig uit waarom ik te laat was en wat er was gebeurd. Maar hij bleef op zijn standpunt staan en ik moest de volgende keer op de afgesproken tijd thuis zijn. Op dat moment voelde ik me vanbinnen heel driftig worden en ik moest veel moeite doen om me te beheersen.

Maar het werd nog erger. Toen ik naar de keuken ging om eten te koken, liep hij met me mee. Hij pakte een emmer die op de grond stond en zette die op het aanrecht. Op mijn vraag wat ik daarmee moest zei hij dat hij die middag brandnetels had geplukt en dat hij die graag als groente wilde eten. Even wist ik niets te zeggen, maar toen zei ik dat ik dat dus niet zou doen. Hij bleef ijzig rustig en legde me uit dat het heel gezond was om dat te eten, want dat had hij in een of ander tuinboek gelezen. Ik weigerde pertinent, en weet je wat er toen gebeurde? Hij duwde me opzij en ging zelf de brandnetels wassen en koken!

Je gelooft het zeker niet? Nou, terwijl ik dit opschrijf lijkt het voor mij ook een boze droom, maar het is echt gebeurd! Ik heb aardappels gekookt en vlees gebraden en natuurlijk niets van die netels gegeten. Een paar keer vroeg hij of ik het wilde proeven, maar alleen al de gedachte eraan maakte me misselijk. Ik heb die avond een potje appelmoes opengemaakt en dat leeggegeten.

Gelukkig had ik 's avonds veel te doen, maar toen ik in bed lag, kwam alles weer terug. Ik wilde gewoon niet verder denken, want dan raakte ik vanbinnen helemaal in paniek. Op dergelijke momenten verlangde ik altijd erg naar oma. Dan wilde ik zo graag naar haar toe. Alleen maar om even bij haar te zijn en haar stem te horen.

Vreemd hè, dat ik liever naar oma ging dan naar m'n moeder. En toch hield ik ook van m'n moeder, maar ik vond het altijd zo erg dat ze zo stil en teruggetrokken was.

Antje, soms denk dat ik beter kan stoppen jou deze dingen te vertellen, maar het lucht me wel op. Dus ik hoop dat je geduld met mij hebt.

Tot de volgende keer!

Ze legt het dagboek even naast zich op de plaid. Het lijkt alsof het gisteren is gebeurd! Ze voelt nog de pijn. Ze ziet Joost weer voor zich staan en ze kreunt.

Waarom, waarom toch? Ze heeft zo zielsveel van hem gehouden. Onwillekeurig vouwt ze haar handen en bidt.

Als ze zich wat rustiger voelt, leest ze verder:

Hier ben ik alweer. Ik merk dat er steeds meer herinneringen bovenkomen en die wil ik dan ook gewoon opschrijven in de hoop dat het me oplucht.

Je weet dat ik om de twee weken een dagje naar mijn ouders ging. Soms vroeg ik of hij meeging, maar daar had hij nooit tijd voor. Altijd was hij bezig, maar vraag me niet waarmee.

Die dag had ik het gezellig gehad bij mijn ouders. Ik was zelfs met m'n moeder de stad in geweest en had een prachtige rok en blouse van haar gekregen. Daar was ik zo blij mee dat ik gewoon even moest huilen, gek hè? M'n vader vond het ook mooi en hij zei tegen mij dat ik best wat meer aandacht aan m'n uiterlijk mocht besteden. Daar was ik gewoon verbaasd over, dat mijn vader zoiets zei. Ik vond dat ik er altijd netjes uitzag, maar blijkbaar dachten m'n ouders daar anders over. Wel was het zo, dat Joost het meestal niet goed vond als ik nieuwe kleren kocht. Hij vroeg dan steevast of m'n andere kleren versleten waren. Zelf kocht hij ook niet veel, maar wat hij kocht, was altijd wel erg duur. Hij vond dat niet erg, want hij deed er jaren mee. Tenminste, dat was zijn bedoeling. En voor mij was het niet zo belangrijk, omdat ik altijd thuis was.

Blij liet ik het aan Joost zien. Hij vroeg mij of ik het aan wilde trekken. Ik zag aan zijn gezicht dat hij het mooi vond, maar het duurde even voor hij wat zei. Eindelijk kwam het. Hij hoopte dat ik niet vaak zulke kleren zou aanschaffen, want dan was ik een doorsnee vrouw zoals alle anderen en dat wilde hij niet. Ik moest anders zijn en dat moest ook in mijn kleding tot uitdrukking komen. 'k Snapte er gewoon niets van en zei hem dat ook. Daarop gaf hij me zo'n filosofische uiteenzetting over het nut van kleding en dergelijke, dat ik hem gewoon niet kon volgen. En Antje, als hij zo gepassioneerd ging praten, kreeg hij zo'n vreemde blik in zijn ogen. Het leek dan alsof hij alleen tegen zichzelf stond te praten. Maar je begrijpt dat de aardigheid er voor mij af was. Toch ging ik het dragen en ik voelde me daar goed bij.

Af en toe kwam de gedachte in me op om gewoon op een advertentie te solliciteren, maar als ik dan aan de reactie van Joost dacht, durfde ik het niet te doen. In onze kerkelijke gemeente vroegen ze soms mensen die vrijwilligerswerk wilden doen. Ik ging ervan uit dat Joost daar niets op tegen kon hebben, dus ik had me opgegeven. Maar ik heb moeten praten als Brugman, want Joost vond het maar niets om bij andere mensen over de vloer te komen. Voor de eerste keer luisterde ik niet naar hem, maar ik zei wel dat ik zou zorgen thuis te zijn als hij uit zijn werk kwam. Ik werd geregeld gebeld om bij bejaarde mensen de helpende hand te bieden. Het was geen zwaar werk en de oudjes waren gewoon blij met mijn aanwezigheid. En vooral als ze hun verhaal aan me kwijt konden, waren ze gelukkig. Ik *vond het heerlijk om te doen.*

Op een keer moest ik naar een jong gezin. De moeder moest rust houden, want die had een heel zware bevalling achter de rug. Het was hun vierde kindje, waarvan de oudste vijf jaar was. Toen ik na de eerste dag enthousiast m'n belevenissen aan Joost vertelde, kreeg ik een koude douche. Hij maakte de opmerking dat het in deze tijd onverantwoord was om zoveel kinderen in een betrekkelijk korte tijd te nemen.

De tranen sprongen in m'n ogen en zonder verder na te denken begon ik ineens tegen hem in te gaan. Ik zei hem dat ik hem nogal egoïstisch vond. Of hij nooit naar een kindje verlangde en of hij niet wist dat je kinderen kreeg, in plaats van te nemen.

Tot mijn verbazing luisterde hij geduldig naar mij en toen ik stopte, reageerde hij met: 'Volgens mij ben je behoorlijk moe van al dat helpen bij anderen, want anders zou je zo'n toon niet aanslaan tegen mij. Natuurlijk denk ik weleens aan een kindje, maar ik zit er niet echt mee dat we nog steeds samen zijn. Als de tijd er rijp voor is, zullen we vast een of meerdere kinderen krijgen.' Ik zei hem dat ik er soms heel erg naar verlangde, maar daar begreep hij niets van. We waren toch nog jong genoeg?

Ik werd ineens zo vreselijk kwaad dat ik hem vroeg of hij altijd eerst aan zichzelf dacht en dan pas aan een ander. Niet-begrijpend keek hij me aan en hij zei dat het normaal was dat een man eerst aan zichzelf dacht en dan pas aan zijn vrouw. Een man moest zijn vrouw toch leiden? En dat kon hij alleen maar als hij wist hoe hijzelf was! Hij was ervan overtuigd dat hij een goede man voor me was.

Weet je, Antje, dat ik me helemaal voelde verkillen van-binnen? Er kwamen ineens zoveel herinneringen naar boven uit onze verkeringstijd. Ik had het kunnen weten, maar ik dacht altijd dat het beter zou gaan als we getrouwd zouden zijn. En eerlijk waar, hij was niet slecht voor me, maar hij hield gewoon geen rekening met mijn gevoelens! Hoe hij iets zag of ervoer, was waar en goed, en hij ging er altijd van uit dat ik daarin meeging. Ik wilde gewoon als vrouw gerespecteerd worden en voor vol aangezien worden! Dat was toch niet te veel gevraagd? Ik liet het maar zo, maar ik voelde me behoorlijk ongelukkig.

Die nacht kon ik niet in slaap komen. Ik nam me voor om zo snel mogelijk een keer bij oma langs te gaan. Maar dat zou dan moeten als ik een dagje naar m'n ouders ging. Bah, ik voelde me gewoon een gevangene! Wat een akelig beladen woord, maar zo was het wel. Ik had zo weinig vrijheden en ik wist niet hoe ik dat kon veranderen.

Halverwege de nacht ben ik naar beneden gegaan. Ik heb koffie gezet en heb daarna een hele tijd op de bank gezeten. Ik schrok toen ik Joost naar beneden hoorde komen. Verbaasd keek hij me aan en hij kwam naast me zitten. Hij sloeg zijn arm om me heen en zei dat ik het koud had, want hij voelde me rillen. Hij had gelijk en ik kroop dicht tegen hem aan. Dat had ik achteraf gezien beter niet kunnen doen, want hij gaf daar een heel andere uitleg aan. Hij nam me even later in zijn armen en droeg me naar boven. Ik wilde me verweren, maar het ging niet. Hij overlaadde me met kussen en daar gaf ik me aan over, hoewel ik inwendig huilde.

Toen ik de andere dag wakker werd, was Joost al naar zijn werk. In de keuken vond ik een briefje, waarop hij geschreven had dat hij vanmiddag vroeg thuis zou zijn. Ik kreeg een onbehaaglijk gevoel, maar wilde er niet verder over nadenken. Nadat ik het eten voor die avond klaargemaakt had, ben ik op de fiets gestapt en naar de bushalte gereden. Ik wilde gewoon even naar oma. In de bus dacht ik er ineens aan dat ik haar beter eerst had kunnen bellen, want stel dat ze niet thuis was.

Gelukkig was ze wel thuis en ze was heel verrast dat ik voor de deur stond. 'k Voelde me thuis en ik luisterde naar de verhalen van oma. Ze vertelde dat ze naar de dokter was geweest, omdat ze zich de laatste weken niet zo goed voelde. Daar schrok ik van en ik werd ongerust. Maar oma zag er gelukkig niet akelig uit.

Het duurde niet lang of ik was aan het praten. Oma luisterde en viel me geen enkele keer in de rede. Het leek of ik niet kon stoppen. Ik moest alles vertellen van die keren dat ik bij bejaarden ging helpen, maar ook van mijn hulp in het jonge gezin. Toen ik zweeg, bleef het lang stil, maar dat vond ik niet erg. Ik was zo blij dat er naar mij geluisterd werd.

Ineens vroeg oma aan mij of ik graag kinderen wilde. Ik schrok van haar directe vraag, maar gaf haar wel een eerlijk antwoord. Het leek of oma zo'n antwoord had verwacht, want ze deed niet verbaasd of zo. Ze zei blij te zijn dat ik vrijwilligerswerk in de gemeente deed. Toen ik wegging, gaf ze me nog een paar boekjes mee. Ze zei dat ik die mocht houden. Ik bleef naar haar zwaaien tot ik haar niet meer zag. Met een blij gevoel ging ik naar huis.

Bijna tegelijkertijd met Joost kwam ik thuis. Hij vroeg helemaal niet waar ik vandaan kwam. 'k Vond hem opvallend opgewekt en hij had zelfs tijd om samen koffie te drinken. Maar toen kwam het. Hij zei tegen me dat hij nog even weg moest. Op mijn vraag of ik mee kon, zei hij: 'Liever niet, maar ik blijf niet lang weg. Ik kom met een verrassing terug.' Zonder verder uitleg te geven vertrok hij met de auto.

Ik was best nieuwsgierig geworden en telkens keek ik naar buiten of ik hem al aan zag komen. Eindelijk hoorde ik een auto. 'k Ging naar buiten en zag tot mijn verbazing twee auto's. Allebei stopten ze. Lachend stapte Joost uit en hij wenkte mij dichterbij te komen. Hij sloeg zijn arm om

me heen en nam me mee naar de andere auto, die wat ver-
derop geparkeerd stond. Die had een gesloten aanhangwa-
gentje erachter. Joost stelde me voor aan de bestuurder en
liet me toen los. Hij hielp mee om de aanhanger open te
maken en tot mijn stomme verbazing zag ik er een schaap
uit komen. 'k Dacht dat ik droomde, maar toen ik de
enthousiaste stem van Joost hoorde, wist ik dat het echt was.
Hij pakte me bij de arm en vroeg hoe ik het schaap vond.
Volgens mij reageerde ik ook schaapachtig, want ik vroeg
hem waar dat naartoe moest. Hij begon hard te lachen en
zei tegen de man dat het voor mij een complete verrassing
was. Gelukkig vroeg die man verder niets aan mij. Het
liefst was ik naar binnen gerend, maar ik bleef staan zonder iets te zeggen. Allerlei gedachten vlogen door m'n
hoofd. Hoe komt hij daar nu weer aan en waarom heeft hij
mij daar niets van verteld? Ik zag dat hij het schaap een
touw om z'n nek deed, de man groette en tegen mij zei dat
ik mee moest komen. Hij liet het schaap in de schuur en
sloot de deur. Wijdbeens stond hij voor me. Waarom ik niet
blij was?
    Opeens had ik m'n spraak terug en begon hem allerlei
verwijten naar het hoofd te slingeren. Dat hij achterbaks
was en nog veel meer. Hijgend bleef ik voor hem staan en
toen ik hem zag lachen, werd ik helemaal razend. Om kort
te gaan, het hielp allemaal niets. Hij had gelezen dat schapenvlees erg gezond was en omdat de gezondheid voor hem
heel belangrijk was, was hij op zoek gegaan naar een
schaap. En dit was het resultaat. Ik kon het gewoon niet
geloven, dat hij zoiets gedaan had. Wel had ik medelijden
met het dier, want dat kon er uiteindelijk niets aan doen.
Het keek me zo smekend aan, dat ik het over de kop aaide.
Dat was voor Joost een teken dat ik het geaccepteerd had.
    'k Voelde me weer zo intens moe, dat ik er niets meer van
zei. Weer stelde hij me voor een voldongen feit, want hij

had al precies uitgemeten hoe groot een weitje voor het schaap moest zijn. Hij bleek daar de spullen al voor gekocht te hebben en hij vroeg me laconiek of ik hem wilde helpen. Dat wilde ik helemaal niet, 'k zou liever weg willen lopen. Maar weer kwam ik erachter dat ik niet tegen hem opgewassen was. Ik hielp hem en voor het avond was, hadden we een schaap naast ons huis. 'k Had echt met het dier te doen, want ik vond het zo eenzaam. Voor Joost was het afgedaan en hij deed tegen mij alsof er niets was gebeurd. Maar alleen al de gedachte dat het schaap een keer geslacht moest worden, maakte mij misselijk.

Terwijl Hanneke dit leest, ziet ze alles weer voor zich. Hoe heeft ze dat ooit allemaal goed gevonden! Ze droomt weg en voelt ook niet dat Joris tegen haar aan gaat liggen.

6

Ze keert weer tot de werkelijkheid terug als Joris zijn snuit tegen haar been duwt.

'Ach, jij hebt natuurlijk honger. Wacht maar even, want daar heb ik ook aan gedacht. Ik heb voor ons allebei eten bij me.'

Ze pakt haar tas en haalt er een pakje brood uit. Ze duwt Joris even van zich af.

'Niet zo ongeduldig. Jij krijgt ook echt.'

Hij gaat braaf naast haar zitten en legt een poot op haar arm.

Even later schrokt hij zijn brokjes naar binnen, en hij kijkt Hanneke dan zo smekend aan dat ze in de lach schiet.

'Ik begrijp je heus wel. Maar je krijgt mijn brood niet, hoor. Je hebt genoeg gehad.'

Hij zucht en gaat weer liggen.

Hanneke voelt zich wat beter en even later staat ze op. 'Kom Joris, we gaan nog een eind wandelen. We zijn dan terug voor we last krijgen van dagjesmensen.'

Ze doet zijn halsband om en maakt zijn riem vast.

Het is al tegen tien uur als ze thuiskomen.

Het tuinhekje sluit ze achter zich en dan maakt ze de riem van Joris los.

Die rent direct naar achter. Zelf loopt ze even door de voortuin en trekt hier en daar wat onkruid uit.

Ineens schrikt ze van het blaffen van Joris. Ze luistert en dan lijkt het of ze iemand hoort roepen. Zo vlug mogelijk loopt ze naar achter. Dan worden haar ogen groot van verbazing. Tegen de achterdeur staat een meisje dat met grote angstogen naar Joris kijkt. Ze huilt en zegt onophoudelijk: 'Niet bijten, niet bijten!' Hanneke glimlacht en is blij dat Joris zo goedig is. Hij zal nooit iemand bijten, en zeker geen kinderen. Ze ziet dat Joris met haar wil spelen.

Met een paar stappen is ze bij hem en ze trekt hem aan zijn halsband terug.

Direct stopt het meisje met huilen en kijkt hen aan. Hanneke kijkt in een paar prachtige blauwe ogen.

'Hallo,' zegt ze vriendelijk, terwijl ze Joris nog steeds vasthoudt, 'ben je verdwaald? Ik ken jou niet.'

Het kind schudt heftig haar hoofd. 'Nee, ik... ik... Snoetje was weggelopen en ik ging haar zoeken.'

'O, is dat jouw hondje of poesje?'

'Mijn poesje. Heb ik gekregen.'

'Nou, die komt vast en zeker weer terug hoor.'

'Maar ze is van mij en ze is heel lief. Ze mag niet weglopen.'

'Dat begrijp ik, maar misschien is ze achter een vogeltje aan gegaan.'

'Ik wil Snoetje,' zegt het meisje met een bibberstemmetje.

'Kom maar even mee naar binnen. Dan kun je even uitrusten en wat drinken.'

Aarzelend loopt het meisje mee naar binnen en ze blijft verlegen in de keuken staan.

'Ga hier maar even zitten. Maar zeg eerst eens hoe je heet.'

'Natasja.'

'Dat is een prachtige naam. En je achternaam?'

'Mijn moeder heet Tries en mijn vader Jako.'

'Juist ja. Maar je hebt toch een achternaam?'

Ze knikt. 'Wij heten Zuidervan.'

'Een onbekende naam. Jullie komen vast en zeker niet hiervandaan.'

'Wij wonen al zoveel nachtjes hier in een huis,' zegt Natasja en ze steekt tien vingers omhoog.

'O, dan begrijp ik dat ik jullie nog niet ken. En hoeveel jaar ben jij?'

'Bijna acht.'

'Dan zit je al op school?'

Het meisje knikt en begint ineens achter elkaar te kletsen over school. Glimlachend hoort Hanneke het aan. Ondertussen heeft ze een glas gepakt en ze loopt naar de koelkast.

'Nu moet je me eerst zeggen wat je wilt drinken.'

'Appelsap, alstublieft.'

'Oei, even kijken of ik dat heb. Wacht, ik heb kleine pakjes appelsap, dat lust je dan ook vast wel.'

Het duurt niet lang of Natasja zit op de grond naast de mand van Joris. Ze heeft haar armpje om hem heen geslagen en praat tegen hem.

'Ik dacht dat je bang was voor honden?'

Ze kijkt Hanneke aan en schudt haar hoofd. 'Nee, ik vind honden en poesjes lief. Maar deze ging zo blaffen tegen mij en toen was ik bang.'

'Dat snap ik. Maar Joris wilde met jou spelen en daarom blafte hij.'

Natasja knikt en begint weer te praten over haar poesje.

Op een gegeven moment vraag Hanneke of ze niet naar huis moet. 'Je moeder is vast en zeker ongerust.'

'Nee hoor, mama is werken.'

'Dan is je vader zeker thuis, en vaders kunnen ook ongerust zijn.'

Het meisje kijkt haar even aan en schudt haar hoofd. 'Papa is ook werken.'

'En ben jij dan helemaal alleen thuis?'

'Ja, ik ben niet bang, hoor. Ik heb Snoetje.'

'Hoelang ben je nog alleen vandaag?'

Ze haalt haar schouders op en zegt dat mama thuis is als het licht is.

Hanneke verbaast zich over het meisje en vraagt zich af hoe ouders een kind van zeven jaar alleen thuis kunnen laten. Het valt haar ineens op dat het meisje een wat ouwelijke uitstraling heeft.

'Zal ik dan even met je mee lopen? Misschien komen we Snoetje wel tegen.'

'En Joris dan?'

'Die laten we thuis, want als hij een poes ziet, rent hij er direct achteraan.'

'Eet hij die dan op?' Benauwd kijkt Natasja haar aan.

'Natuurlijk niet! Hij wil er dan ook mee spelen.'

Het kind zucht van opluchting en gaat staan. 'Zullen we dan zoeken?'

'Ja, even m'n jas pakken.'

Als ze de deur uit gaan, vraagt Natasja: 'Heb jij geen vader?'

Even weet Hanneke niets te zeggen en peinzend kijkt ze het meisje aan.

Dan schudt ze haar hoofd en zegt: 'Nee, ik ben ook alleen.'

Als antwoord pakt Natasja haar hand en zegt: 'Geeft niet, hoor. Ik kom wel met jou spelen.'

Hanneke slikt een paar keer om haar ontroering te verbergen.

Samen lopen ze het pad af en Natasja neemt Hanneke mee naar het dorp.

Ondertussen kijken ze overal, maar ze zien geen Snoetje. Als ze de straat in lopen waar Natasja woont, zegt Hanneke dat ze nu wel verder alleen kan.

Maar het meisje knijpt nog steviger in haar hand en zegt: 'Nee, u moet mij ook bij de deur brengen.'

Hanneke ziet dat Natasja en haar ouders in een wat ouder huis wonen, dat al een hele tijd leeg gestaan heeft. Zo te zien hebben de nieuwe bewoners er nog niet veel aan gedaan.

Zonder iets te zeggen loopt Hanneke mee naar achter. Ineens geeft Natasja een schreeuw, ze laat haar hand los en is met een paar stappen bij de achterdeur.

Ze laat zich op de grond zakken en Hanneke hoort haar zeggen: 'O Snoetje, waar zat je nu? Ik heb overal gezocht en nu ben je gewoon weer thuis.'

Ze pakt hem op en loopt voorzichtig met hem naar Hanneke.

'Dus dat is jouw Snoetje?'

Natasja knikt en kijkt haar blij aan.

'Wat een prachtige poes. En wat een mooie ogen heeft ze.'

Natasja glundert en knuffelt haar poesje.

'Nu, ik ga weer terug naar huis. Als je zin hebt, mag je gerust nog eens komen, hoor.'

'Ik vind jou lief,' is het antwoord.

Hanneke probeert nog even een blik naar binnen te werpen, maar ze ziet dat de rolgordijnen omlaag zijn.

Natasja loopt met Snoetje in haar armen mee naar het hekje en roept een paar keer heel hard: 'Dag lieve mevrouw.'

Hanneke draait zich een paar keer om om naar het meisje te zwaaien.

7

Als ze thuis is, duurt het even voor ze weer verder in haar dagboek kan lezen.

Telkens ziet en hoort ze Natasja. Ze kan zich absoluut niet voorstellen dat ouders zo'n meisje alleen kunnen laten. Maar het zal niet erg lang geweest zijn, want ze gaf zelf aan dat mama thuis zou zijn als het licht is.

Joris snuffelt lang aan haar en ze begrijpt ook waarom. Ze aait hem over de kop en zegt: 'Ja, ik heb een poes geaaid en dat ruik jij natuurlijk.'

Bij het woord 'poes' spitst hij zijn oren en loopt naar de keukendeur.

'Nee Joris, er is hier geen poes. Ga maar in je mand.'

Toch is het al middag als ze zich weer de tijd gunt om te lezen. Zo mooi het weer 's morgens was, zo bewolkt is het nu geworden. Gelukkig is het nog droog. Ze neemt zich voor om vroeg in de avond weer een lange wandeling met Joris te maken.

Even staat ze in tweestrijd om de bladzijden die ze al gelezen heeft, eruit te scheuren. Maar nee, eerst zal ze het helemaal uitlezen en dan... Ze zucht en wil niet verder denken.

Waar ze gebleven is, merkt ze dat de volgende twee bladzijden wat aan elkaar geplakt zitten. Voorzichtig probeert ze die los te trekken, maar ze kan niet voorkomen dat er een paar gaatjes in de bladzijden komen.

Ze ziet ook dat sommige woorden wat onleesbaar zijn.

Ze heeft nog maar een paar woorden gelezen of het gebeuren staat haar weer helder voor de geest.

Terwijl ik aan het schrijven ben, blijven de herinneringen komen. Het lijkt soms of ik al een heel leven achter me heb. Ik moet nu iets op gaan schrijven dat me grote moeite kost. Toen ik begon om jou in vertrouwen te nemen, schreef ik je over het overlijden van mijn oma. Dus dat hoef ik niet meer te doen. Maar niet lang na haar overlijden bleek ik in verwachting te zijn. Ik was totaal verrast en had er ook helemaal niet op gerekend. Joost was redelijk blij en al snel ging hij aan de slag. Hij wilde per se zelf een wieg en commode maken, hoewel ik daar niet zo blij mee was. Maar hij was zo enthousiast, dat ik er niet veel van zei.

Toen ik acht weken zwanger was, zijn we het aan mijn vader en moeder gaan vertellen. De reactie van m'n moeder overrompelde me gewoon. Ze was zo blij en emotioneel, dat ik even niets wist te zeggen. Ik vond het heel moeilijk dat oma dit niet meer mee kon maken.

Joost was op zijn manier zorgzaam voor me. Hij kwam soms met zulke wonderlijke recepten aan. Hij stond erop dat ik die zou klaarmaken, want dat was heel goed voor zwangere vrouwen. Van de meeste werd ik al misselijk als ik ze las. Hij zei ook telkens dat hij hoopte dat het een jongen zou worden, want met meisjes had hij niet zo veel. Dan voelde ik me al minder enthousiast en ik probeerde hem ervan te overtuigen dat het belangrijkste was dat een kindje gezond was.

Maar wat gebeurde? Met twaalf weken zwangerschap ging het verkeerd. Ik werd op een nacht met buikpijn wakker en had het heel erg koud. Ik moest van Joost in bed blijven en hij zou 's middags vroeg naar huis komen. Maar eer het middag was, was ik al bij de dokter geweest. Die stuurde me door naar het ziekenhuis. Ik was blij dat Joost mee kon en het bleek dat ik een miskraam had. Bij onderzoek bleek dat de vrucht er nog zat, dus ik moest daar blijven om het weg te laten halen.

Ik kan niet goed onder woorden brengen hoe ik me daarna voelde! Ik wist me gewoon geen raad. 'k Was zo ontzettend blij geweest en nu leek het of het leven geen doel meer had. De reactie van Joost verbaasde me nog het meest en hij deed me veel pijn. Na een paar dagen zei hij tegen me dat het goed was dat het zo gegaan was, want dat het kindje waarschijnlijk niet goed was geweest. Ik was verslagen, want ik had zo naar warmte verlangd. Ik had gehoopt dat we er samen over konden praten om het te verwerken. Maar ik moest er misschien aan wennen dat mannen toch anders reageren. Ik wist het gewoon niet meer en het duurde erg lang voor ik eroverheen was. Gelukkig was mijn moeder in die periode opvallend goed voor me. Ze is zelfs een paar keer geweest en zorgde er dan voor dat ik praatte. Dat heeft me erg veel geholpen en ik ben haar na die tijd veel meer gaan waarderen. Joost heeft nooit meer een opmerking over m'n zwangerschap gemaakt en ook de tekeningen die hij al gemaakt had, heeft hij direct opgeborgen. Het was voor hem een afgesloten hoofdstuk.

Maar ik had grote moeite om de draad weer op te pakken. Ik verlangde er steeds meer naar om buitenshuis te gaan werken, maar Joost wilde daar niets van weten. Vrijwilligerswerk mocht ik mondjesmaat blijven doen, maar daar bleef het dan ook bij.

Ik stop even, want ik moet het eten gaan koken. Hopelijk heb ik vanavond nog gelegenheid om je nog iets te vertellen.

Het is al negen uur, maar dat maakt me niet zoveel uit. Joost moest vanavond weg. Ik ga je nog wat vertellen over ons schaap! Je weet dat ik daar grote moeite mee had. Maar nu komt het. Een paar maanden na mijn miskraam kwam Joost naar me toe en zei dat hij een slager had gevonden die het schaap wilde slachten. Inwendig voelde ik me erg boos worden en alleen al de gedachte aan dat slachten maakte me misselijk. Joost zag het echter al helemaal voor zich. Hij zou een halve dag vrij nemen en dan samen met mij alles in porties verdelen en klaarmaken voor de diepvries. Ik merkte bij mezelf dat ik geen energie had om ertegen in te gaan.

Het schaap werd geslacht en ik moest dus na die tijd geregeld schapenvlees bereiden. De eerste keer dat we het aten, had ik grote moeite om het door m'n keel te krijgen. Het leek alsof het in m'n mond stolde en de smaak kon ik absoluut niet waarderen. Joost genoot ervan en zei in lange tijd niet zulk smakelijk vlees gegeten te hebben. Toch was hij op zijn manier blij dat ik geholpen had met het klaarmaken van het geslachte schaap, want een paar weken daarna kwam hij met het voorstel om samen een week weg te gaan.

Ik was aangenaam verrast en geloofde hem in eerste instantie niet. Maar hij meende het echt en hij wist ook al waar we heen zouden gaan. We zouden naar Luxemburg gaan. Niet in een hotel, maar hij wist een mooi plaatsje waar ook een klein vakantiepark was waar ze huisjes verhuurden. De lol was er voor een groot deel al af, want waarom konden we samen niet iets opzoeken? Alles werd mij kant-en-klaar aangeboden en dat wilde ik gewoon niet! Maar de afgelopen jaren had ik al zo vaak m'n hoofd gestoten, dat ik het meeste over me heen liet komen. Pa en ma

waren blij voor mij en ze dachten dat ik me er beter door
zou gaan voelen. Ik hoopte het voor hen, maar ik had zo
m'n twijfels.

Maar toch ging ik vrij enthousiast met Joost mee. Hij had
al verschillende dingen opgeschreven die we beslist moesten
bekijken. Om kort te gaan, Antje, ik was bij thuiskomst
helemaal op!

De zondag zijn we naar een Duitstalige dienst geweest.
Ik snapte er niet zoveel van. Alleen het orgel en zingen
vond ik prachtig. Joost kon het goed volgen en was er nogal
van onder de indruk. Hij zei dat onze predikanten daar een
voorbeeld aan konden nemen, want hij had daar gehoord
hoe we ons leven als praktische christenen konden inrichten.

De maandag en dinsdag gingen we wandelen... Nee, ik
zeg het niet goed, we gingen lopen. En dan niet gewoon
lopen, maar soms leek het op hardlopen. Joost had een paar
routes opgeschreven. En die waren inderdaad de moeite
waard, maar voor mij echt veel te lang. Ik was 's avonds
helemaal kapot en had eigenlijk geen energie meer om te
koken.

Dinsdagavond zei Joost dat het beter voor me was om de
volgende thuis te blijven. Ik was blij dat te horen, maar er
kwam nog meer. Hij zou dan alleen op stap gaan, want hij
wilde nog een paar routes lopen en met mij erbij zou het
veel te lang duren. Hij was teleurgesteld in mijn conditie en
zei dat ik er thuis wat meer aan moest gaan doen. Je kunt
het geloven of niet, maar ik voelde me min of meer afge-
keurd en aan de kant gezet. Ik zei hem dat we gewoon ook
de stad Luxemburg of Vianden konden gaan bekijken,
maar daar vond hij niet veel aan. Ik legde me erbij neer en
ik heb me die woensdag ook niet verveeld. Ik had een paar
boeken meegenomen en ben gaan lezen. Ik ben ook nog even
naar de telefooncel gelopen en heb m'n ouders gebeld. 'k
Probeerde heel opgetogen te doen, maar ik denk dat m'n

moeder er niet zoveel van geloofde.

Donderdag deed ik m'n best om weer mee te lopen, maar ik merkte wel dat het Joost heel veel moeite kostte om zijn tempo aan te passen aan dat van mij. We hadden veel moois gezien, maar ik was ontzettend moe toen we thuiskwamen. Daarom vond ik het ook niet erg toen hij voorstelde om vrijdag weer alleen op stap te gaan. Ik was gewoon opgelucht!

Toen we thuiskwamen, voelde ik me dus helemaal niet uitgerust, en ook de week daarop heb ik nog veel geslapen. Eigenlijk had ik me de vakantie heel anders voorgesteld. Ik had gehoopt dat we alles samen zouden doen. Dat ik zou merken dat Joost echt van mij hield. Het gevolg was wel dat ik nog meer aan mezelf ging twijfelen. Zou ik dan te veel van hem verwachten? Moest ik me dan meer aanpassen? Ik wist het gewoon niet en ik durfde en wilde er ook niet met mijn ouders over praten. Ze hadden me immers gewaarschuwd?

Wat miste ik oma. Tegen haar zou ik meer hebben durven zeggen, omdat zij mij zo goed begreep.

8

Hanneke legt het dagboek even naast zich neer en staart voor zich uit. Ze denkt aan de vakanties die daarop volgden. Aan de dagen dat ze zich alleen moest vermaken, omdat ze gewoon te moe was om mee te lopen. Waarom is ze het meeste niet vergeten? Het lijkt wel of het in haar geheugen gegrift is. Als ze eerlijk is, weet ze ook het antwoord. Al die jaren heeft ze gehoopt op een verandering. Dat het weer goed zou komen tussen Joost en haar, want ze hield zo zielsveel van hem. Telkens weer probeerde ze hem voor de buitenwereld de hand boven het hoofd te houden.

Ze kijkt op de klok en ziet dat het bijna zes uur is. Zal ze eerst gaan eten of nog maar even verder lezen?

Ze besluit tot het laatste en pakt het dagboek weer op. Ze duwt Joris van zich af en zegt dat hij nog even moet wachten. Met een zucht laat hij zich weer op de grond zakken met zijn kop op zijn voorpoten.

Ik heb een hele tijd niets aan je verteld, Antje. En dat heeft een reden. Ik ben de laatste tijd helemaal niet in orde geweest. Ik kreeg steeds meer last van slapeloosheid en daardoor voelde ik me overdag ook niet zo goed. Ik probeer-

de me erdoorheen te slaan en was zo blij als ik gevraagd werd om bij iemand van onze kerkelijke gemeente te helpen. Dan knapte ik gewoon op. Joost liet het toe, maar hij verwachtte wel dat ik thuis was als hij er was. Je begrijpt dat het niet altijd lukte en dan was hij niet te genieten. Maar ik bleef het doen, omdat ik het thuis anders niet vol zou houden.

Ik moet eerlijk zeggen dat Joost zijn best deed om het rond het huis zo netjes mogelijk te maken. Sommige dingen benauwden mij, want om het huis maakte hij een heel houten hekwerk, waartegen hij struiken liet groeien. Ik gaf duidelijk aan dat ik daar niet blij mee was, maar hij wilde voorkomen dat mensen bleven staan om naar ons huis te kijken.

Weet je, Antje, dat ik pas geleden ineens moest denken aan een boek dat ik gelezen heb toen ik op school zat? Dat boek heette De verzamelaar en ineens zag ik heel veel overeenkomsten met Joost. Ik paste in zijn verzameling die hij nodig had om te leven, maar voor de rest kon hij alles zelf regelen. Eerlijk gezegd raakte ik er door in paniek en ik was bang voor de toekomst. En aan de andere kant bleef ik van hem houden en hoopte ik op een Joost die ik in het begin van onze verkeringstijd had leren kennen.

Hij probeerde geregeld om mij enthousiast te krijgen voor zijn ideeën, maar die zeiden mij zo weinig. Ik vond het allemaal zo op het hier en nu gericht, terwijl ik meer behoefte had aan gesprekken met wezenlijke inhoud. Als ik daar wat van zei kreeg ik altijd zo'n betoog, dat ik niets meer wist te zeggen. Hij had me aangeraden om iets te lezen van filosofen, zoals Jung en Kant. Ook van Kierkegaard zou ik nogal wat kunnen leren, omdat hij ook veel last heeft gehad van angst. Het zei me allemaal niets, want daar ging m'n belangstelling totaal niet naar uit. Ik had andere behoeften, maar daar begreep Joost weer niets van. En toch hadden we tijdens onze verkeringstijd best diepgaande gesprekken gehad en daarom begrijp ik er ook helemaal niets van dat hij zo geworden is.

Soms lijkt het of hij in een heel andere wereld leeft. En toch gaat het op zijn werk goed en lijkt hij ook gewaardeerd te worden. Vorige maand kwam hij thuis en vertelde dat ze hem ander werk hadden aangeboden. Het was gewoon een promotie en ik vond het heel fijn voor hem. Maar tot mijn verbazing zei hij het afgeslagen te hebben, omdat hij het niet vond passen bij zijn levensstijl. En hij vond dat hij genoeg verdiende, dus waarom zou hij zich nog meer inzetten voor werk dat eigenlijk geen meerwaarde had? Ik snapte er helemaal niets van en wilde ook niet langer luisteren naar zijn uiteenzettingen.

Soms bekruipt me het akelige gevoel dat hij helemaal doorslaat. Vorige week verweet hij me nog dat ik te veel rekening hield met andere mensen. Ik moest vooral mezelf willen zijn, zonder me iets aan te trekken van anderen. Hij vond het jammer dat ik me gedroeg zoals de massa: een soort kuddedier. Ik werd toen echt boos en zei dat ik niet snapte waar hij het over had. En wat denk je? Hij keek me zo meewarig aan en hij zei dat dat juist zo erg was, want ik zag het gewoon niet. Ik moest meer naar hem kijken, want hij wilde een voorbeeld zijn voor anderen. Hij leefde zoals God het in de Bijbel had verwoord en als hij dat zou blijven doen, zou God er Zijn zegen over geven en kwam het helemaal goed met hem.

Antje, ik heb die nacht veel gehuild. Gelukkig heeft Joost daar niets van gemerkt, want die slaapt altijd zo goed.

Wat ik je nu ga vertellen, kost me heel veel moeite. Ik ben het al vaker van plan geweest, maar ik durfde het gewoon niet. Eigenlijk ben ik niet helemaal eerlijk geweest tegen je. Ik heb je al heel veel verteld, maar ik heb nooit gezegd hoe ik me op godsdienstig gebied in die tijd voelde. En dat ga ik *je nu proberen uit te leggen.*

Je moet van me aannemen dat ik er echt van uitging dat we op één lijn zaten wat het geestelijke betreft... Waarom ik dat geloofde? Omdat we zoveel gepraat hebben en dan merkte ik toch altijd dat hij luisterde. Maar het opvallende is dat toen we getrouwd waren, hij daar bijna geen belangstelling meer voor had, en dat begrijp ik nog steeds niet. Hoe kan iemand in korte tijd zo veranderen?

Ik moet ineens denken aan een huisbezoek dat we kregen. 'k Was best zenuwachtig, maar Joost leek zich erop te verheugen. In het begin was het gezellig, maar toen ze wat meer gerichte vragen gingen stellen, leek het alsof Joost daarop had zitten wachten. Hij begon hun te vertellen hoe zijn visie was op het geheel van de samenleving. Dat er niets van terecht zou komen en dat de grote fout bij de kerken lag. Ik voelde me steeds ellendiger worden. Gelukkig bleven de ouderlingen erg rustig en lieten ze Joost uitpraten. Toen begon een van hen te vertellen hoe de Heere hem stilgezet had. Daar moest je wel naar luisteren, of je wilde of niet. Maar ik merkte aan Joost dat hij zich daartegen verzette. Gelukkig gaf hij daar verder geen commentaar op en ik was opgelucht toen ze weggingen. Ik merkte wel aan Joost dat hij blij was eens te kunnen vertellen hoe het volgens hem allemaal moest. Hij zei de volgende morgen nog tegen mij dat hij dankbaar was dat zijn ogen geopend waren voor veel dingen in de maatschappij. Bah, niet verder meer aan denken.

Maar goed, ik wilde je nog iets vertellen. Joost ging gelukkig op zondag altijd mee naar de kerk, maar hij had de meeste keren zoveel commentaar. Ze moesten veel praktischer preken lezen en de predikanten die soms kwamen, moesten veel meer op de praktijk van alledag gericht zijn. Veel preken vond hij veel te abstract, daar kon je alle kanten mee uit. Naar weekdiensten ging hij nooit mee, want dat was geen verplichting. In dat opzicht liet ik me niet door hem beïnvloeden, want ik ging altijd. En weet je, Antje, soms ervoer ik dat als een opluchting.

Maar soms was ik zo moedeloos, dat ik zelf ook aan van alles en nog wat begon te twijfelen. Toch kon ik het bidden, bijbellezen en het lezen van goede boeken niet laten. Innerlijk werd ik er steeds toe gedrongen. Er was een soort onrust in me, die ik niet kwijtraakte. Soms was ik onder een preek zo geraakt, dat ik er thuis over wilde praten. Helaas luisterde Joost maar half en zei hij altijd dat hij me niet begreep. Ik moest maar eens laten zien in hoeverre ik een praktisch christen was. Zodoende werd ik steeds meer in mezelf gekeerd en m'n zelfvertrouwen werd er ook niet beter op.

Mijn verlangen naar een kind is de laatste tijd soms erg hevig. Dagelijks bid ik erom, maar het lijkt of mijn gebeden niet verhoord worden, en Joost heeft het er nooit meer over. Leefde oma nog maar, want zij zou me zonder woorden begrepen hebben. Ik ben altijd zo jaloers geweest op haar leven met de Heere. Als ik naar mezelf kijk, geloof ik niet dat ik ooit zover zal komen. Ik voel altijd zo'n grote kloof tussen God en mij. En hoe vaak neem ik me voor om te leven zoals Hij dat vraagt. Maar steeds doe ik het weer verkeerd.

Ik weet ook zeker dat mijn vader en moeder wel samen kunnen praten over het geloof. Want mijn vader is altijd een open boek en hij is de enige die m'n moeder aan het praten kan krijgen. De laatste tijd maak ik me soms zorgen om m'n pa, want hij is zo gauw moe. En hij heeft ook te horen gekregen dat ze hem niet kunnen opereren, omdat het te veel risico's met zich mee brengt.

9

Hanneke slaat een bladzijde om en schrikt dan erg. Er ligt een foto van haar en Joost tussen. Met trillende hand pakt ze hem op en ze kijkt er lang naar. De foto is genomen toen ze een keer op vakantie in Zwitserland waren. Een prachtige foto en ze lijken een gelukkig stel. Ze herinnert zich nog goed waar die genomen is en door wie. Ze waren naar Schynige Platte geweest en daar liep een fotograaf.

Joost wilde per se een foto van hen en dat is ook goed te zien. Hij staat er stralend op, en ze ziet dat ze zelf haar best doet om te lachen.

Ineens scheurt ze de foto in tweeën en loopt naar de keuken om hem in de afvalbak te gooien. Joris loopt achter haar aan.

'Joris, we gaan eerst even eten en dan gaan we lekker lopen. Ik moet even uitwaaien. Het is zo'n warboel in m'n hoofd.'

Ze smeert een paar boterhammen, doet er beleg op en pakt een boterhambordje en een beker. Ze zet alles op een dienblaadje, pakt nog een pak melk uit de koelkast en loopt terug naar de kamer.

Ze pakt het dagboek op, doet het dicht en legt het

onder de bank. Zo, nu even wat anders.

Zonder echt te proeven wat ze eet, werkt ze de boterhammen naar binnen. Joris heeft intussen zijn bak eten leeg en slobbert zijn drinken naar binnen. Ze schiet in de lach als ze hem naar de keukendeur hoort lopen.

'Jaja, ik kom er zo aan.'

Na het eten pakt ze de Bijbel en leest. Ze zucht, want als ze het hoofdstuk gelezen heeft, weet ze eigenlijk niet wat ze gelezen heeft. De tranen schieten in haar ogen en ze begint opnieuw. Dan vouwt ze haar handen en bidt. Deze keer komen de woorden vanzelf en ze voelt dat het verder gaat dan de kamer.

Met gevouwen handen blijft ze zitten en staart naar buiten.

Dan staat ze eindelijk op, legt de Bijbel weg en brengt het dienblad terug naar de keuken. Joris zit nog steeds op de keukenmat.

Ze kijkt door het raam en ziet dat de bewolking erger geworden is. Ze zal voor alle zekerheid haar regenjack maar aandoen.

Diep in gedachten loopt ze de straat uit. Joris heeft er blijkbaar zin in, want die trekt telkens aan de riem. Ze merkt dat het ook harder is gaan waaien. Ze voelt een soort opluchting als ze het dorp achter zich gelaten heeft.

Ineens staat ze stil en luistert. Het lijkt wel of ze iemand hoort roepen. Ook Joris heeft zijn oren gespitst. Nu hoort ze het roepen opnieuw, en dichterbij.

Ze draait zich om en tot haar verbazing ziet ze Natasja aan komen rennen.

Hijgend blijft het meisje voor haar staan. Joris springt tegen Natasja op en nu is ze niet bang meer.

Ze aait hem over zijn kop en dan is het goed.

'Wat doe jij nu hier?' vraagt Hanneke verbaasd.

'Mevrouw, ik... ik... eh... mama belde dat ze pas laat thuiskomt vanavond en toen wilde ik gewoon naar u toe. Maar ik zag u de straat uit lopen en toen heb ik hard gerend.'

Hanneke voelt medelijden met het meisje. 'Waar is jouw poesje dan?'

'O, ik heb haar in de mand gedaan en gezegd dat ik even wegging. Maar moet u ver weg?'

Hanneke wordt weer getroffen door de prachtige blauwe ogen, die haar zo verwachtingsvol aankijken.

Ze schudt haar hoofd. 'Nee hoor, ik wilde met Joris een eind gaan lopen. Je mag best mee.'

Natasja knikt blij en geeft Hanneke een hand. Een paar keer moet Hanneke slikken. Ze voelt zich ontroerd door het meisje. Tegelijkertijd is ze ontstemd dat een vader en moeder zo'n kind bijna de hele dag alleen kunnen laten.

'Was je bang?' vraagt Hanneke.

Ze voelt dat het meisje schrikt van deze vraag.

'Een beetje.'

'Nou, dat kan ik best begrijpen, hoor. Weet je ook waarom je moeder zo laat thuiskomt?'

Als het antwoord uitblijft, kijkt Hanneke het meisje van opzij aan. Het lijkt of ze een aarzeling bij haar merkt.

Eindelijk zegt Natasja: 'Mama en papa moeten vaak 's avonds weg. Dan gaan ze mensen helpen, zeggen ze. Maar als Snoetje bij mij in bed ligt, ben ik niet zo bang.'

'O. Stel je voor dat je vader of moeder toch eerder thuis is, dan ben jij weg.'

'Nee hoor.'

Glimlachend hoort Hanneke de verhalen die Natasja vertelt over Snoetje en over school. Ze begrijpt dat ze het erg goed naar haar zin heeft. Maar aan de andere kant hoort ze af en toe ook een soort spanning in haar stem.

Ze is benieuwd geworden naar de ouders van het meisje.

'Gaat u vaak wandelen met Joris?'

'Ja, bijna elke dag.'

'Ik vind het ook leuk om te wandelen met Snoetje.'

'Wandel jij met Snoetje?'

'Ja, ik heb een riempje gekregen voor haar. Leuk hoor, want dan kan ze niet weglopen.'

Ze komen bij de dijk. Natasja laat de hand van Hanneke los en rent naar boven. Joris trekt zo hard aan de riem, dat Hanneke bijna omver rolt. Snel maakt ze hem los en Joris rent blaffend naar boven. Ze ziet Natasja samen met Joris verder rennen. Zij hijgt licht als ze boven komt en ziet dan dat Natasja met de hond aan het spelen is. Ze is blij voor het kind en ze moet er niet aan denken dat het meisje de hele avond alleen thuis is. Bah, die mensen zijn geen kind waard!

Met z'n drieën lopen ze een heel eind beneden langs de dijk. Ze merkt dat Natasja ervan geniet. Dan voelt ze ineens regendruppels. Ze roept Natasja en Joris en zegt dat ze snel naar huis moeten, omdat het best hard kan gaan regenen. Geschrokken kijkt Natasja haar aan. 'Ik heb geen regenjas.'

'Dan moeten we maar hard gaan lopen. En als het heel erg gaat regenen, dan moet jij mijn jas maar aantrekken.'

Zo snel mogelijk lopen ze terug naar het dorp, maar halverwege gaat het harder regenen. Hanneke trekt haar jack uit en slaat het om de schouders van het meisje.

'Nu word jij nat.'

'Dat zal wel meevallen, want ik heb nog een trui aan.'

In de keuken schudt Joris zich uit. De druppels vliegen in het rond en Natasja moet er hard om lachen. Ze kijkt naar de klok. 'Het is nog niet laat.'

'Nee, je mag gerust nog een poosje blijven, hoor.'

Hanneke geniet van het meisje. Natasja blijft praten en ze heeft af en toe zulke fantastische verhalen dat Hanneke zich afvraagt of het werkelijkheid is.

Als ze koffie gaat zetten, hoort ze tot haar verbazing dat Natasja ook graag koffie wil.

'Je bent nog zo klein?'

'Klein? Helemaal niet, hoor. Papa vindt mij al erg groot en ik krijg altijd koffie van hem.'

'Oké, maar dan zal ik er veel melk in doen.'

Ze loopt naar de keuken en blijft even in gedachten verzonken bij het aanrecht staan. Aan de ene kant is Natasja echt kind, maar aan de andere kant lijkt ze soms zo volwassen.

'Ik help jou wel,' klinkt de stem van Natasja achter haar.

'Nou, dat hoeft niet, hoor. Ik ben zo klaar.'

Hanneke schiet in de lach als ze ziet hoe Natasja als een volwassene haar koffie drinkt.

'Lekker,' klinkt het gemeend en direct erachteraan: 'Ben jij altijd alleen?'

Hanneke knikt. 'Ja, maar ik ben het gewend, hoor. En Joris is natuurlijk bij me.'

'Ja, die is wel lief. Heb jij dan ook geen kindjes?'

'Ik heb een jongen, maar die al groot, hoor.'

'Woont die niet in dit huis?'

'Nee, die woont ergens anders.'

'Wel zielig voor jou. Maar waar is die vader dan? Is die dood?'

Hanneke verbaast zich over het meisje. Waar denkt ze allemaal aan?

'Nee, hij is niet gestorven.'

Het antwoord lijkt bevredigend, want Natasja vraagt niet verder.

Ineens staat ze op en zegt dat ze naar huis moet. Hanneke ziet een onrustige blik in haar ogen.

'Denk je dat mama dan al thuis zal zijn?'

'Nee, maar ik moet nog poetsen.'

'Poetsen?'

Het ontgaat Hanneke niet dat Natasja ineens zenuwachtig is. 'Ik moest de keuken poetsen en dat heb ik nog niet gedaan. Ik heb te lang met Snoetje gespeeld.'

'En je bent natuurlijk bij mij geweest.'

Het meisje schiet even in de lach, maar loopt toch naar de deur.

'Wacht, ik zal je even thuisbrengen, want het is al helemaal donker.'

Hanneke ziet een opgeluchte blik in Natasja's ogen. Voor ze weggaan, doet ze even een sjaal van haarzelf om Natasja heen.

'Zo, nu heb je het in ieder geval niet koud. Kom Joris, wij gaan even ons vriendinnetje thuisbrengen.'

Op weg naar huis is Natasja opvallend stil. Af en toe hoort Hanneke haar zuchten.

Voor ze naar binnen gaat, vraagt Natasja of ze morgen weer mag komen.

Verbaasd vraagt Hanneke of ze dan weer alleen is.

'Als het zondag is, moeten papa en mama in de middag altijd weg.'

'Goed dan, maar je moet niet erg vroeg komen. Want ik ga morgenochtend eerst naar de kerk.'

Nu kijkt Natasja haar vragend aan. Ineens wordt Hanneke veel duidelijk.

Ze aait het meisje over haar hoofd en zegt: 'Kom jij morgenmiddag maar, hoor. Om twee uur ben ik wel klaar met eten.'

Een lach verheldert het gezichtje van het meisje. Ze draait zich om, zegt 'dag' en huppelt naar achter.

Hanneke wacht tot ze licht binnen ziet branden en loopt dan langzaam terug naar huis. Ze neemt zich voor om bij de eerste gelegenheid kennis met Natasja's ouders te maken. Ze is heel benieuwd wat voor mensen het zijn. Het zit haar niet lekker dat ze hun dochtertje zo alleen laten.

10

Hanneke vliegt overeind en knipt het licht aan. Het zweet loopt van haar gezicht en ze haalt heel snel adem. Haar hart gaat als een razende tekeer. Ze voelt de paniek in zich opkomen en probeert met alle geweld rustig te blijven. Het lukt haar niet. De angst knijpt haar keel dicht en ze verliest de controle over haar gedachten. Ze houdt het in bed niet uit. Hoe haar hart ook tekeergaat, het weerhoudt haar niet om naar beneden te gaan. Zodra ze de kamerdeur opent, staat Joris kwispelstaartend naast haar.

'O Joris,' kreunt ze. Ze laat zich op de bank vallen en slaat haar handen voor haar ogen. Ze trilt van top tot teen en haar ademhaling gaat steeds sneller.

Ze zou willen roepen en schreeuwen, maar er komt geen woord over haar lippen.

Eindelijk voelt ze de paniek wat wegtrekken en is ze in staat wat rustiger te ademen. Ze voelt zich helemaal opgebrand en ook het trillen blijft duren. De spanning trekt langzaam uit haar lichaam weg en dan komen de tranen. Ze huilt en het lijkt of er geen einde komt aan de stroom van tranen. Ze voelt zich gebroken, en op een gegeven moment kan ze alleen nog maar kreunen.

Ze is te moe om naar de keuken te gaan om wat drinken te halen. Joris zit naast haar en kijkt haar onafgebroken aan. Spontaan begint ze weer te huilen en ze slaat haar armen om Joris heen. 'Ach, jij bent altijd zo trouw. Ik geloof vast dat je me begrijpt.'

Als antwoord geeft hij een lik over haar gezicht en gaat dan aan haar voeten liggen.

Ze voelt zich leeg en ellendig. Eindelijk staat ze voorzichtig op en loopt langzaam naar de keuken. Ze giet wat melk in een beker, doet er een lepel honing in en maakt die warm in de magnetron. Met twee handen moet ze hem vasthouden, want het trillen is nog niet helemaal weg. Als ze weer op de bank gaat zitten, bonkt haar hart in haar keel.

Ze dwingt zichzelf om rustig te blijven, maar het kost haar veel moeite. En ze weet dat het nog lang zal duren voor de paniek helemaal weg is.

Ze hoeft zich niet af te vragen hoe het komt. De laatste weken zijn te belastend voor haar geweest. Het feestje dat Steef die zaterdagavond had en waarvan ze verder niets meer gehoord heeft, heeft haar behoorlijk dwarsgezeten. De week daarna heeft hij gebeld dat ze samen op vakantie gingen voor twee weken. Ze is ervan overtuigd dat het Willeke is geweest die hem ervan weerhouden heeft om nog even bij haar langs te komen. En het beginnen te lezen van haar dagboek heeft veel in haar losgemaakt. Eigenlijk is het meer een aantekeningenboek, want ze is er wel achter gekomen dat ze in het verleden zomaar wat flarden heeft opgeschreven.

En dan de onverwachte ontmoeting met Natasja. Het is niet bij één keer gebleven. Na die zaterdag van een paar weken geleden zijn nog meerdere bezoeken gevolgd. Ze geniet ervan, maar ze vindt het niet fijn dat ze nog steeds geen kans heeft gezien om kennis te maken met haar ouders. Soms denkt ze dat zij haar bewust ontwijken.

Langzaam drinkt ze haar beker warme melk. Ze ziet op de klok dat het drie uur is. Wat vreemd toch, dat die paniekaanvallen altijd rond dezelfde tijd komen. Zou het te maken hebben met het feit dat ze dan erg diep slaapt? Of zou ze dan toch gedroomd hebben? Ze weet het niet, maar ze zou er zo graag van af willen komen. Ze herinnert zich nog haarscherp die eerste keer dat ze zo'n paniekaanval kreeg. Het was een paar maanden nadat oma overleden was. Ze wist absoluut niet wat er gebeurde en ze dacht ook te zullen sterven, omdat ze nergens meer controle over had. Gelukkig bleef Joost erg rustig en was hij behulpzaam. Hij stond er wel op dat ze naar de dokter ging. Dat heeft ze toen gedaan en ze heeft verschillende onderzoeken gehad, maar er bleek niets aan de hand te zijn. De dokter dacht aan spanningen en gaf haar wat kalmerende tabletjes. Die hielpen gelukkig wel, maar de paniek-aanvallen bleven komen. Door de loop der jaren heeft ze er aardig mee leren leven, maar ze blijft er bang van. Steeds weer was ze bang dat ze een hartstilstand zou krijgen, omdat haar hart zo op hol was. En dat was nu ook weer het geval. De gedachte komt weer in haar op om toch eens naar de huisarts te gaan. Hij kent haar verleden niet en ze is ook niet van plan om hem dat allemaal te vertellen. Maar ze kan best vragen of ze wat rustgevende tabletjes mag hebben. Het kan toch ook in haar leeftijd zitten? Ze voelt een doffe hoofd-pijn opkomen. Dat krijgt ze altijd na zo'n paniekaan-val. Wat zal ze doen? Teruggaan naar bed of beneden blijven?

Als ze eraan denkt om naar boven te moeten, dreigt

ze weer in paniek te raken. Ze pakt een plaid en gaat op de bank liggen. Eén schemerlampje laat ze branden. Joris denkt er niet over om naar zijn mand in de keuken te gaan. Hij blijft voor de bank liggen en Hanneke laat het maar zo. Ze weet dat ze nu ook niet moet proberen om wat te lezen, want dat lukt haar in zo'n situatie niet. Ze moet proberen rustig te blijven ademen en te ontspannen, maar dat is het moeilijkst. Ze probeert de negatieve gedachten terug te dringen. Die komen altijd opzetten als ze zich zo ellendig voelt. Dan komt de twijfel en een stemmetje zegt dat haar geloof niet deugt, want dan zou ze er geen last meer van hebben. Ze duwt haar handen tegen haar ogen en bidt. Ze weet dat God haar er altijd doorheen geholpen heeft en telkens nam ze zich voor om meer alert te zijn op spanningen, maar het lukte niet altijd. En nu had ze zo'n aanval ook niet verwacht, want het was al zo lang geleden.

Haar gedachten gaan overal en nergens heen en het kost haar moeite om op de bank te blijven liggen. Een paar keer valt ze bijna in slaap, maar dan voelt ze die akelige paniek weer opkomen en is ze klaarwakker.

Tegen de morgen valt ze nog even in een onrustige slaap. Ze schrikt wakker van Joris die gromt.

Als ze overeind komt, moet ze zich even vasthouden, omdat ze dreigt te vallen. Haar hoofd suist en ze is erg duizelig. Joris gromt weer en loopt naar de keuken.

Ze luistert, maar hoort geen verdachte geluiden.

'Kom maar, er is niemand, hoor.'

Ze ziet dat het al negen uur geweest is. Als Joris blijft grommen, doet ze de achterdeur open. Ze schrikt zo erg, dat ze zich even moet vasthouden. Ze droomt toch niet? Een paar keer knippert ze met haar ogen, dan beseft ze ineens dat het werkelijkheid is. Naast de achterdeur zit Natasja helemaal in elkaar gedoken. Ze houdt een zakdoek voor haar neus en Hanneke ziet dat die rood gekleurd is door bloed. Ze gaat op haar hurken bij Natasja zitten en kijkt haar aan zonder iets te zeggen.

'Ik... ik... mijn neus bloedt en ik wilde naar u. Maar jij... u kwam niet naar buiten.'

'Ach, m'n kind.' Ze pakt Natasja op en draagt haar naar binnen. Ze zet haar op het aanrecht en haalt de zakdoek weg. Haar neus bloedt nog steeds.

'Even blijven zitten. Ik haal een washand en handdoek.'

Voorzichtig wast ze Natasja's gezicht en vraagt ondertussen wat er gebeurd is.

Zonder haar aan te kijken, vertelt Natasja haperend: 'Ikke... ik ben gevallen en tegen de tafel gekomen.'

'Maar waarom maakte je je vader en moeder dan niet wakker?'

'Dat ging niet.'

'Wat? Waren ze dan niet thuis?'

'Jawel, maar ik kon ze niet wakker maken.'

Voorzichtig pakt Hanneke Natasja's gezicht tussen haar handen en kijkt haar lang aan. 'Slapen ze dan zo vast?'

'Ja, altijd.'

'Maar dan was jij vroeg uit bed.'

'Ik wilde met Snoetje gaan lopen. Ik was al heel lang wakker.'

'Waarom kwam je dan naar mij?'

'Ik wilde naar u, want ik vind u lief!'

Hanneke ontroert van de kinderlijke openheid.

Ze zet Natasja op de grond en Joris loopt snuffelend rond haar heen.

Gelukkig is het bloeden opgehouden, maar Hanneke ziet dat Natasja naast haar neus ook nog een schram heeft.

'Wacht eens even. Ik haal een pleister, want er komt nog steeds bloed uit.'

Zonder een kik te geven, laat Natasja alles toe, hoewel Hanneke er zeker van is dat het pijn moet doen.

'Nu zullen we eerst maar wat gaan eten.'

'Ik ook?' Verwachtingsvol kijkt Natasja haar aan.

'Natuurlijk, ik ga hier niet alleen zitten eten. Jij krijgt ook. En Joris ook. Kijk maar eens, hij hoorde het woord 'eten' en hij zit al naast zijn etensbak. Geef jij hem maar even eten, dan maak ik boterhammen voor ons klaar.'

Eerst pakt Hanneke een paar paracetamoltabletten en neemt die met een groot glas water in. Ze voelt zich helemaal nog niet goed, maar ze wil er nu even voor Natasja zijn.

Ze vraagt wat zij op haar brood wil en ze schiet in de lach als ze hoort zeggen: 'Chocoladevlokken.'

'O, die heb ik niet.'

'Hagelslag wel?'

'Ja, dat lust ik zelf ook graag.'

Even later zitten ze samen aan tafel. Natasja wil een stukje brood in haar mond steken, maar Hanneke reageert: 'Even wachten, we moeten eerst bidden.'

Vragend kijkt Natasja haar aan. 'Is dat ook voor God?'

Hanneke moet er onwillekeurig om glimlachen. De afgelopen weken heeft ze het een paar keer met het meisje over de Heere gehad en is ze erachter gekomen dat Natasja er helemaal niets van weet. Ze heeft zich ook afgevraagd of het binnen zou komen, maar deze reactie geeft toch weer aan dat Natasja bepaalde dingen onthouden heeft.

'Ja, ik zal hardop bidden, dan hoor je het ook. Je moet dan wel je handen samen doen en je ogen dicht.'

'Joris ook?'

'Nee, honden hoeven niet te bidden.'

'Vreemd,' klinkt het hartgrondig, 'honden krijgen toch ook eten?'

'Dat is zo, maar honden zijn geen mensen.'

'En ook geen poezen,' is het gevatte antwoord. Maar ze doet haar ogen dicht en vouwt haar handen.

Hanneke bidt eenvoudig voor het eten. Ze vraagt ook of de Heere Natasja wil helpen met alles. Ook als het soms erg moeilijk is.

Na het 'amen' kijkt Natasja haar aan. 'Hoort God echt alles? Ook als ik praat?'

'Ja, maar Hij ziet ook alles. Overal en altijd.'

Ongelovig kijkt Natasja haar aan. Als ze een stukje brood in haar mond wil steken, trekt ze een pijnlijk gezicht en zegt: 'Au!'

'Doet het pijn als je je mond opendoet?'

Hanneke ziet een paar tranen in Natasja's ogen.

'Dan ben je wel erg hard gevallen.'

Het meisje knikt en probeert het nog eens. Voorzichtig doet ze haar mond een beetje open en duwt er een stukje brood in. Heel langzaam kauwt ze en slikt het dan door.

'Het gaat,' klinkt het opgelucht.

Hanneke schiet in de lach. Ze voelt zich toch wat beter en is eigenlijk blij dat Natasja zo onverwacht kwam. Toch vindt ze het een vreemd verhaal. Het is toch niet te geloven dat ze haar vader en moeder niet wakker kan krijgen?

Het duurt lang voor Natasja haar boterhammen op heeft. Intussen heeft Hanneke de Bijbel gepakt, maar ze wacht tot Natasja haar brood op heeft.

'Wat ga je... u nu doen?'

'Het is nog moeilijk voor je, hè, om u te zeggen?'

'Ik probeer het wel. Maar wat gaat u doen?'

Hanneke legt uit dat ze uit de Bijbel gaat lezen en waarom. Natasje luistert stil, maar het is aan haar gezichtje te zien dat ze er helemaal niets van snapt.

'Moeilijk, hoor. Heeft God dan dit boek helemaal zelf geschreven?'

'Niet Zelf, dat heeft Hij laten doen. Maar als jij luistert, dan ga ik er een stukje uit lezen.'

Zonder iets te vragen schuift Natasja haar stoel naast die van Hanneke en leunt tegen haar aan.

Hanneke bladert even om een eenvoudige geschiedenis te lezen. Ze voelt dat Natasja luistert.

Als ze stopt, zegt Natasja dat ze het een mooi verhaal vond.

Na het eten zegt Hanneke dat Natasja maar even op de bank moet gaan liggen.

Zelf loopt ze naar boven en pakt haar spullen om te douchen. Ze voelt dat ze nog erg moe is en ook de hoofdpijn is nog niet weg.

Onder de warme straal van de douche voelt ze zich ontspannen. Ze maakt geen haast, want ze weet dat Joris op Natasja let.

Ze loopt voorzichtig naar beneden, want ze merkt dat ze nog licht in haar hoofd is. Geen geluid komt haar tegemoet. Ze kijkt om het hoekje van de kamerdeur en blijft dan even staan. Natasja ligt op de bank te slapen en Joris ligt er op de grond voor. Op haar tenen loopt Hanneke naar de bank, ze pakt de plaid en legt die voorzichtig over Natasja heen. Even blijft ze staan kijken. Ze ziet dat het naast de neus wat blauw wordt. Misschien heeft ze wel een hersenschudding.

Ze zal straks toch eens goed vragen of Natasja niet misselijk is of hoofdpijn heeft.

Ze gaat in de grote stoel tegenover de bank zitten, want ze voelt dat ze rustig aan moet doen. De hoofdpijn is ook nog niet weg. Zo zit ze meer dan een uur voordat Natasja wakker wordt. Ze komt overeind en kijkt verbaasd om zich heen. Als ze Hanneke ziet zitten, wordt haar alles duidelijk. Ze wrijft in haar ogen en geeuwt. 'Ik heb geslapen.'

'Dat weet ik wel zeker, en diep ook,' antwoordt Hanneke. 'Voel je je wat beter?'

Natasja voelt voorzichtig aan haar neus en zegt dat die pijn doet.

'Dat kan ik me voorstellen. Je neus is dik en naast je neus wordt het blauw. Voortaan beter opletten, hoor.'

Natasja reageert niet, maar ze gaat van de bank af, aait Joris even over zijn kop en zegt dat ze naar huis moet. Hanneke probeert nog om haar wat te laten drinken, maar ze merkt dat Natasja ineens weer zenuwachtig is en houdt daarom ook niet langer aan.

'Zal ik meelopen?'

'Het is nu toch niet donker?'

'Je hebt gelijk. Maar niet te hard lopen, en voorzichtig zijn. Tot de volgende keer.'

Ze laat Joris in de kamer en loopt zelf mee naar de voordeur. In de deuropening draait Natasja zich om en zegt: 'Kan ik ook aan jouw God vragen of mijn neus beter wordt?'

Verwachtingsvol kijkt het meisje haar aan en Hanneke moet een paar keer slikken voor ze antwoord kan geven. Ze slaat haar arm om het meisje heen en trekt haar even tegen zich aan. 'We mogen alles aan God vragen en Hij wil ook jouw God zijn.'

'Echt?' Ongelovig kijkt Natasja haar aan.

'Ja, je moet elke dag vragen of je Hem mag kennen.'
'Meer niet?'
'Nee, dat is genoeg. En ik zal het ook voor je vragen.'
'Joepie, dan komt het goed,' roept Natasja, en weg is ze.

Hanneke kijkt Natasja na tot ze de hoek om is. Dan loopt ze in gedachten verzonken terug naar de kamer.

11

's Middags loopt ze een klein rondje met Joris. Ze is blij als ze terug is, want ze is nog steeds moe. Het weer is ook niet zo aantrekkelijk om een lange wandeling te maken. Ze eet een paar crackers en gaat naar boven om de rest van de strijk te doen. Toch gaan haar gedachten telkens naar Natasja.

Zou ze morgen weer langskomen? Waarschijnlijk wel, want het blijkt waar te zijn dat haar ouders elke zondagmiddag weg zijn. Hanneke raakt er steeds meer van overtuigd dat het meisje veel mist en erg eenzaam is. Zouden ze daar op school niets van merken? Ze schudt die gedachte van zich af, want ze kan zich wel zo'n beetje voorstellen hoe Natasja zich op school gedraagt. Ze zal daar niets over haar vader en moeder vertellen.

Aan het eind van de middag voelt Hanneke zich een stuk beter. Ze heeft het dagboek weer gepakt, want ze wil het zo snel mogelijk uitlezen. Ze moet die periode af kunnen sluiten, hoewel ze beseft dat het heel moeilijk zal zijn. Ze heeft al veel te lang geprobeerd om het verleden te verstoppen.

Joris heeft blijkbaar ook niet veel zin om naar buiten te gaan of te spelen, want hij ligt in zijn mand te slapen.

Hanneke stopt een cd in de cd-speler en zet de volumeknop zacht. Heerlijk, om naar achtergrondmuziek te luisteren.

Ze is blij dat ze de foto die ze vond direct heeft verscheurd en weggegooid. Het heeft zoveel bij haar losgemaakt.

Om te voorkomen dat ze nog meer foto's tegenkomt, houdt ze het boek even ondersteboven en schudt ermee. Gelukkig, er komt niets meer uit. Ze leest verder.

Nu ga ik je iets heel moois vertellen, Antje. Ik kan het zelf nauwelijks geloven, maar het is echt waar. Ik ben weer zwanger. Al zestien weken! In het begin durfde ik het gewoon niet tegen Joost te zeggen en ben ik eerst naar de dokter geweest. Hij onderzocht me en feliciteerde me toen. Ik was gewoon zenuwachtig om het tegen Joost te vertellen. Ik wachtte tot we 's avonds gegeten hadden en heb het hem toen verteld. Hij reageerde verrast, maar vreselijk nuchter. Hij zei dat we nog niet al te blij moesten zijn, want dat het weer fout kon gaan. Het voelde als een koude douche, hoewel zo'n reactie wel bij hem paste. Ik probeerde hem te begrijpen, maar het viel niet mee.

De volgende avond zijn we naar mijn ouders geweest en wat denk je? M'n moeder begon gewoon te huilen, zo blij was ze voor ons. Ook mijn vader reageerde erg enthousiast en toen we naar huis gingen, zei hij dat hij graag met ons wilde bidden. Ik zag even een weerstand in Joosts ogen, maar hij durfde gelukkig niet te weigeren. Nou Antje, ik was heel ontroerd, want het kwam recht uit het hart van mijn vader. Ik voelde me gewoon opgelucht, weet je dat? En 's nachts ging ineens de gedachte door me heen dat het nu vast en zeker goed zou komen. Rare gedachte natuurlijk, maar het heeft mij erg goed gedaan. Joost heeft er geen enkele opmerking over gemaakt en daar was ik allang blij om.

Toen ik in het begin dacht zwanger te zijn, was ik heel bang. Bang dat het weer in een miskraam zou eindigen. Want het vreemde was ook dat ik helemaal niet misselijk was zoals de vorige keer. Dat maakte me nog banger, maar gelukkig gaat het tot nu toe goed.

Gisteravond kwam Joost met het idee om weer eens te beginnen met een tekening voor een wieg. Dus ik begreep dat hij van de vorige keer echt alles weggedaan had. Ik vond het prima en het was gewoon gezellig. Hij heeft ook meer aandacht voor me en ik moet elke middag even gaan rusten van hem. Die overbezorgdheid benauwt me ook weer, maar dat is niet helemaal eerlijk van me.

Hij verwacht van me dat ik goed let op wat ik eet en drink. Dat moet vooral goed zijn en uiteraard biologisch. Ik heb het aangehoord, maar was er niet zo van overstuur. Ik denk dat ik aan bepaalde dingen toch ga wennen. Wie weet word ik nog eens echt volwassen!

Maar Antje, misschien schrijf ik je wat minder vaak, omdat ik het op mijn manier best druk krijg. Je hebt daar vast wel begrip voor.

Een vreemde gedachte om moeder te worden! Soms haal ik van alles in m'n hoofd. Dan moet ik er ineens aan denken dat het ook een gehandicapt kindje kan zijn. Dat zijn natuurlijk risico's waar iedereen rekening mee zal houden. Mijn vader zou zeggen dat ik meer vertrouwen moet hebben. En daar mankeert het nogal eens aan. Ik probeer echt bij de dag te leven, maar soms vliegt het me gewoon aan. Ik weet ook dat de Heere mijn leven leidt en dat zou me rust moeten geven. Helaas voel ik me vaker onrustig dan rustig.

Eigenlijk zou ik het liefst van tevoren willen weten dat alles goed zou gaan. Wat ben ik toch ondankbaar!

'k Ga stoppen, want anders blijf ik m'n negatieve gedachten opschrijven en dat is niet goed.

*

Ik schaam me dat ik je zo lang alleen heb gelaten. Je bent altijd zo geduldig.

Maar nu ga ik je weer het een en ander vertellen. Met m'n zwangerschap gaat het gelukkig nog steeds goed. Ik ben nu dertig weken, dus het eind komt in zicht. De afgelopen tijd heb ik het druk gehad. 'k Heb zelfs Joost geholpen bij het maken van de wieg. 'k Moet zeggen dat het niet echt mijn smaak is, maar zijn enthousiasme vergoedt veel. Met mijn moeder ben ik stof voor de bekleding wezen kopen. Zij kan goed naaien en ze is vandaag de hele dag bij me geweest. Het was een heel fijne dag! Ik heb steeds meer het gevoel dat ik veel dichter bij mijn moeder sta dan voorheen. Ze is ook opener naar mij toe. Maar misschien ben ik zelf ook wel veranderd. Ik moet eerlijk zeggen dat ik blij was dat het geen vrije dag van Joost was. Steeds weer ben ik bang voor een of andere vervelende confrontatie.

De dag is omgevlogen en als je de wieg ziet! Hij is mooi geworden, hoewel m'n moeder wel gevraagd heeft of er een kleuter in moet liggen. Niets voor haar om zoiets te zeggen, maar ze had wel gelijk. De afmetingen zijn nogal groot. Joost vond dat een baby de ruimte moet hebben en het kindje kan daardoor ook langer in de wieg liggen. Mijn baby-uitzet is bijna compleet. Ik heb veel van mijn ouders gekregen. Joost was het daar niet zo mee eens, want hij vond dat wij zelf voor ons kindje moesten zorgen, maar uiteindelijk heeft hij het toch geaccepteerd. Hij blijft op zijn manier erg zorgzaam voor mij. Zelf vind ik het erg overdreven, maar ik laat het gewoon over me heen komen. Het is in ieder geval beter zo, dan dat hij geen aandacht voor me heeft. Wel heeft hij al een paar keer gezegd dat hij op een zoon hoopt. En weet je dat ik soms in paniek dreig te raken. Want stel je voor dat het een meisje zal zijn? Ik heb het er met mijn pa en ma over gehad en mijn pa verzekerde mij dat hij dan weleens heel anders zou kunnen reageren. Ik hoop daar dan maar op.

Het kindje is erg levendig. Soms kan ik niet in slaap komen, omdat het zo tekeergaat in mijn buik. Ik ben er nog steeds van onder de indruk hoe zoiets mogelijk is! Dat een kindje in mijn buik groeit! Weet je, Antje, dat ik heel vaak bid voor ons kindje? Als ik namelijk aan de toekomst denk, word ik bang. Er gebeuren zoveel nare dingen in de wereld en ik vind de mensen ook steeds harder worden. Ik ben ervan overtuigd dat God het beste voor ons kan zorgen. Aan de andere kant merk ik dat ik Hem niet altijd vertrouw. Hij kan het wel, maar zou Hij het ook voor ons willen? Ik ben gewoon een grote twijfelaar. Nee, dat is toch niet het goede woord. Als ik naar mezelf kijk, dan moet ik zo vaak huilen. Want ik ga steeds weer de mist in. Dikwijls neem ik me voor om God overal in te kennen, maar dan kom ik erachter dat ik toch zelf m'n zaakjes regel!

Ineens komt me nog iets in gedachten wat ik je wil vertellen.

Een paar weken geleden was ik alleen thuis. Dat is meestal zo, maar ik voelde me die dag ook gewoon alleen. Ik zat niet lekker in m'n vel en had nogal last van sombere gedachten. Ik was de dag ervoor bij mijn ouders geweest en ik vond pa er niet goed uitzien. Hij was ook erg moe en had die nacht pijn op zijn borst gehad. Ik had er bij hem op aangedrongen naar de huisarts te gaan, maar daar wilde hij nog even mee wachten. Hij was immers hartpatiënt?

Ik schrok die middag van de bel. Ik kon niet bedenken wie

er zou kunnen zijn. Snel keek ik nog even in de spiegel en haalde vlug een kam door m'n haren.

Tot mijn verbazing zag ik de vrouw van ouderling De Zwaal voor de deur staan. Ze groette me vriendelijk en zei dat ze al een tijdje van plan was geweest om eens bij mij langs te gaan. Het was nu mooi weer, dus ze had de fiets gepakt en was naar mij toe komen fietsen. Of het toch wel uitkwam? Het verwarde me een beetje, want zoveel bezoek kregen we niet. Toch nodigde ik haar binnen en ik moet zeggen dat het een heel fijn bezoek was. Het is een heel aardige, rustige vrouw en ik voelde me steeds meer ontspannen. Weet je dat ik het gewoon opvallend vond dat zij juist die middag bij mij op bezoek kwam? Ze had een piepklein babytruitje bij zich voor mij en dat verraste mij. Ze heeft zelf ook veel verteld over haar gezin. Zij hebben tien kinderen, waarvan er nog maar één verkering heeft.

Moet je je voorstellen: tien kinderen! Ik geloof niet dat ik het aan zou kunnen.

En je zou haar eens moeten zien. Ze ziet er zo verzorgd uit en je zou niet zeggen dat ze moeder is van zo'n groot gezin. Ze zei dat ik gerust eens bij haar langs mocht komen. Daar zat ik dan, want ik kom eigenlijk nergens.

Om te beginnen vindt Joost bijna niemand interessant. Hij wil alleen contact met mensen waar hij op niveau mee kan praten. Nou, ik wil je wel zeggen dat zijn niveau mijn niveau niet is. Ik begrijp er vaak niets van. Hij is in mijn ogen zo vaak aan het filosoferen. Maar goed, haar uitnodiging was gemeend en ik aarzelde om erop in te gaan. Ik denk dat ze het begreep, want ze zei dat ik op moest passen niet te vereenzamen. Die opmerking deed mij veel en ik begon opeens te huilen.

'k Vond het vreselijk en ik schaamde me naar. Maar ze liet me gewoon uithuilen en vroeg niet verder. Ik begon toen te praten; het ging vanzelf en ze luisterde zonder me een

keer in de rede te vallen. Op een gegeven moment hoorde ik mezelf ineens praten en ik stopte abrupt. Het duurde even voor mevrouw De Zwaal reageerde. Maar heel anders dan ik verwachtte. Ze zei te hopen dat ik een plaats mocht krijgen bij de Heere. Weet je, Antje, dat het net leek alsof ik oma hoorde praten. Onzin natuurlijk, maar die zou het ook op zo'n manier doen.

Voor ik het wist, was het halfvijf. Mevrouw De Zwaal zei nog eens toen ze wegging, dat ik gewoon een keer langs moest komen. Ik was hartelijk welkom. 'k Moest me beheersen, want ik voelde alweer tranen in m'n ogen. Bah, wat was ik emotioneel en dat wilde ik niet.

Ik was door dit bezoek opgeknapt en zag het allemaal weer zitten.

Diezelfde avond was ik aan het lezen. Het was een boek van Spurgeon, dat ik van mijn oma had gekregen. Ik had er al vaker in zitten bladeren, maar had het nooit echt gelezen. Joost was aan het hardlopen. Dat was hij gaan doen toen we hier kwamen wonen. Hij vond het heel belangrijk om zijn conditie op peil te houden en dat hoorde volgens hem bij de verzorging van zijn lichaam. Ik kan me dat nog steeds niet goed voorstellen, want hij komt af en toe zo moe thuis dat hij niet kan praten. De eerste keer was ik erg geschrokken, maar dat nam hij me kwalijk. Hij had zijn grenzen afgetast en hij wist hoever hij kon gaan. Hij zou het fijn vinden als ik ook meer aan sport ging doen. Nee dus, want daar had ik helemaal geen zin in. Ik heb altijd al graag gefietst, maar dan wel voor m'n ontspanning en niet om te kijken hoe hard en hoe lang ik kan fietsen zonder erbij neer te vallen! Na die keer heb ik er niets meer over gezegd en ik ben het nu gewend dat hij dat drie keer per week doet.

Die avond bleef hij langer weg dan normaal. Ik had al koffiegezet maar was verder gegaan met lezen. De baby was erg beweeglijk en ik had het boek weggelegd en was languit op de bank gaan liggen. Maar ik viel in slaap en schrok wakker toen ik de stem van Joost hoorde. Ik kwam overeind en zag Joost in de deuropening staan. Even dacht ik te dromen, want hij zat van top tot teen onder de modder. Toen het tot me doordrong dat het echt was, schoot ik in de lach. Had ik dat maar niet gedaan, want hij werd erg boos. Ik moest me schamen om m'n man uit te lachen. Ik kon beter het bad vol laten lopen en zorgen dat er voldoende zeep en handdoeken waren. Van verbouwereerdheid wist ik niets te zeggen, maar ik liep direct naar boven om alles voor hem op te zoeken. Zonder iets tegen me te zeggen ging hij in bad en het duurde lang voor hij beneden kwam. De koffie had ik weggegooid en ik had nieuwe gezet.

Ik zette de koffie voor hem neer en vroeg toen wat er gebeurd was. Ik merkte dat het hem moeite kostte om het te vertellen. Eindelijk kwam het. Hij was aan het hardlopen, toen hij een man met een hond tegenkwam. De hond was niet aangelijnd en blijkbaar wilde hij met Joost gaan spelen. Ik zag het gewoon voor me en moest inwendig lachen. Joost had het nooit op honden gehad.

Maar wat gebeurde er? De hond ging hem achterna en Joost ging steeds harder lopen. Ten slotte stond hij voor een sloot en er zat niets anders voor hem op dan eroverheen te springen. Ik begreep het direct en zag hem van de kant in de sloot glijden. Woest was hij op de man en als hij wist wie het was, zou hij er werk van maken. Ik probeerde hem te kalmeren door te zeggen dat die man er toch ook niets aan kon doen, maar daar wilde hij niets van weten. Hij voelde zich gewoon belachelijk gemaakt door een hond. Ik ging er maar niet verder meer op in, maar hij was voor de rest van de avond niet meer te genieten. Het ergste vond ik nog de opmerking die hij maakte toen hij m'n boek zag liggen. Hij pakte het op, bekeek het even en zei heel sarcastisch dat ik

me niet met zulke zwarte boeken bezig moest houden,
omdat ik daar helemaal niet mee verder kwam. Ik kon
beter zorgen een voorbeeld te zijn voor de verziekte samen-
leving.

Ik begreep dat het alleen maar erger zou worden als ik
ertegen in zou gaan. Van ellende ben ik vroeg naar bed
gegaan en ik heb lang liggen huilen.

Net als Hanneke aan een volgende bladzijde wil beginnen, hoort ze dat de voordeur opengaat. Dat kan niemand anders zijn dan Steef, want hij alleen heeft een sleutel. Ze schuift het dagboek onder het kussen en loopt naar de gang. Tot haar verbazing ziet ze Steef met Willeke binnenstappen.

'Hallo ma, komt het gelegen of moet u weg?'

'Nee hoor, ik hoef niet weg.'

Steef geeft haar een kus en van Willeke krijgt ze een hand. Ze voelt direct een afstand, maar hartelijk zegt ze: 'Kom verder, willen jullie koffie?'

'Graag, ma,' zegt Steef, terwijl hij zijn jack aan de kapstok hangt. Hij pakt het jasje van Willeke aan en hangt dat ook op.

Dan lopen ze naar de kamer. Joris is al uit zijn mand en springt blij tegen Steef op. Op dezelfde manier wil hij Willeke begroeten, maar die is er niet van gediend en zegt dat hij op de grond moet blijven.

Hanneke loopt door naar de keuken om koffie te zetten. Als ze eerlijk is, was ze vanavond liever alleen gebleven, want ze zal vast wel wat te horen krijgen.

Ze zet de kopjes op het dienblad, pakt een pak koeken uit de kast en loopt terug naar de kamer. Steef zit op de grond en stoeit met Joris. Willeke zit er misprijzend naar te kijken.

Steef staat op, klopt de haren van zijn broek en gaat

in de grote stoel bij het raam zitten.

'Dank u, ma. Lang geleden dat we elkaar zagen.'

'Dat kun je wel zeggen, ja.'

'Nou, we zijn gistermorgen thuisgekomen. We hebben een heerlijke vakantie gehad, hè Willeke?'

'Heel fijn,' reageert deze en Hanneke ziet even een triomfantelijk lachje om haar lippen.

'We zijn naar Griekenland geweest, ma.'

'Jullie zien inderdaad erg bruin.'

Steef begint te vertellen. Hanneke hoort dat ze in een hotel gezeten hebben en elke dag naar het strand zijn geweest. Dat ze er leuke mensen hebben ontmoet. Ook nog een stel uit Nederland waar ze veel mee opgetrokken hebben.

Hij besluit zijn verhaal door te zeggen dat het veel te snel omgegaan is en dat ze er binnen niet al te lange tijd weer naartoe gaan.

Hanneke zucht en pijnlijk voelt ze hoe ver Steef al bij haar vandaan staat. Willeke heeft tot nu toe weinig gezegd, maar als Steef zwijgt, begint ze te praten. Ze zegt dat ze het Hanneke erg kwalijk heeft genomen dat ze niet op hun feestje is geweest. Ze hebben verschillende gasten nogal wat uit moeten leggen. Ze vindt het niet christelijk om je kind in de steek te laten. Het is toch hun leven? Ze hebben er samen voor gekozen en ze zijn gelukkig met elkaar.

Hanneke voelt zich ineens erg moe en ook de hoofdpijn wordt weer erger. Ze heeft geen zin om het allemaal nog eens uit te leggen. Het enige wat ze zegt, is: 'Ik heb het Steef uitgebreid uitgelegd en ik heb geen zin om het nog eens te doen.'

'Ma heeft gelijk, Willeke. Jij begrijpt zulke dingen toch niet en laten we het maar vergeten. Wij hebben het samen heerlijk gehad en we zullen ma de foto's laten zien. 'k Haal even de laptop uit de auto.'

Ondertussen brengt Hanneke de kopjes in de keuken en daar houdt ze even haar hoofd onder de koude kraan. Ze moet zich ertoe zetten om vriendelijk en belangstellend te blijven.

De foto's die ze te zien krijgt zijn prachtig. Ze verbaast zich over de schitterende natuur, maar het zijn allemaal foto's rond het hotel.

Op haar vraag of ze verder nergens heen geweest zijn, zegt Willeke: 'Nee, daar hadden we niet zo'n behoefte aan. We hadden eigenlijk genoeg aan elkaar, toch, Steef?'

Hij knikt, maar zegt niets.

Later op de avond wordt Willeke wat gezelliger. Ze vertelt dat ze bezig is met solliciteren. Ze is weer toe aan een nieuwe uitdaging en ze denkt dat ze grote kans maakt aangenomen te worden.

Toch voelt Hanneke een soort opluchting als ze om tien uur weggaan. Ze loopt mee naar buiten en zwaait hen na als ze wegrijden.

Ze loopt nog een rondje met Joris en gaat bewust nog even door de straat waar Natasja woont. Alles is donker, dus Natasja zal niet meer alleen zijn.

Het is al na middernacht als ze naar bed gaat.

12

Het regent bijna de hele dag. Hanneke is toch nog met Joris gaan lopen.

Maar ook Joris is het al snel beu en drijfnat komen ze thuis. Ze hangt haar natte regenjack in de schuur, maar ze kan niet voorkomen dat Joris zich in de keuken uitgebreid uitschudt.

Brrr, eerst maar een lekkere mok sterke koffie. Daar knapt ze altijd van op.

Eigenlijk wilde ze vanmiddag naar de stad, omdat ze wat nieuwe kleren nodig heeft, maar met dit weer blijft ze liever thuis.

Ze pakt wat houtjes uit de schuur en steekt de allesbrander aan. Het is maar een klein kacheltje, maar het verspreidt altijd een heerlijke warmte. Het duurt niet lang of Joris ligt ervoor en hij schijnt van plan te zijn om daar voorlopig te blijven liggen.

Even later is er een aangename temperatuur in de kamer.

Zal ze eerst naar boven gaan om wat te strijken, of toch eerst nog wat lezen?

Het is al een paar dagen geleden dat ze de moed had om te lezen. Nadat ze 's nachts die paniekaanval had gehad, is ze twee dagen later naar de huisarts gegaan en heeft ze gevraagd om wat slaaptabletjes. Hij heeft haar wat vragen gesteld, de bloeddruk opgenomen en haar pols gevoeld. Gelukkig was het allemaal goed, maar ze kreeg wel een recept mee. Ze was helemaal opgelucht.

Ze pakt het dagboek en gaat dwars op de bank zitten. Joris licht even zijn kop op, maar als hij ziet waar ze zit, blijft hij voor de kachel liggen. Het is blijkbaar niet nodig om daar weg te gaan.

Ze heeft de bladzijde dubbelgevouwen waar ze de vorige keer gebleven is.

Antje, misschien heb je gedacht dat ik je helemaal vergeten was. Maar dat is echt niet het geval. Ik was gewoon niet in staat om je te schrijven.

Nee, echt niet, want er is de laatste maanden nogal wat gebeurd.

De laatste keer dat ik je schreef, was toen ik dertig weken zwanger was. In ons dorp was geen verloskundige. Ik moest altijd naar de huisarts. Toen ik de eerstvolgende keer bij hem kwam, bleek mijn bloeddruk veel te hoog te zijn. Hij wilde dat ik veel zou rusten. 'k Vond het niet leuk, maar er zat niets anders op. Ik probeerde wel iedere dag eten te koken, maar Joost moest best veel doen voor me. En dat was hij niet gewend. Hij heeft het gedaan, maar natuurlijk op zijn manier. Ik heb nog voorgesteld om mijn ma te vragen om te komen, maar daar wilde hij niet van horen. Hij vond dat we het zelf moesten regelen.

De dokter kwam elke week mijn bloeddruk meten, maar die bleef hoog. Gelukkig werd Steef op tijd geboren, maar vraag niet hoe. Het was een vreselijk zware bevalling, hoewel Steef maar net zeven pond woog. Het was voor mij echt een nachtmerrie. Ik had al een paar dagen weeën, maar die gingen telkens over. Tot de dokter het niet langer verantwoord vond en hij mij naar het ziekenhuis stuurde. Daar hebben ze mij aan het infuus gelegd en toen begon de ellende pas goed. Achteraf bleek dat ik veel te gespannen was en daardoor geen goede ontsluiting kreeg. Om kort te gaan, de bevalling heeft heel veel van mijn krachten gevergd en het heeft een paar maanden geduurd voor ik me echt weer goed voelde.

O Antje, ik was zo ontzettend blij en dankbaar toen Steef in mijn armen gelegd werd. We waren bijna acht jaar getrouwd en ik had de moed weleens opgegeven. Het was echt een wonder voor mij. Ik kon het gewoon niet goed bevatten en Joost straalde ook. Hij had een zoon! Nu was voor hem alles compleet. Borstvoeding geven ging niet goed, zodat ik na een paar weken op flesvoeding over moest gaan. Dat was helemaal niet naar de zin van Joost, want een moeder moest in staat zijn haar kind zelf te voeden. Ik voelde me daardoor tekortgeschoten en psychisch was ik ook erg labiel. Ik sliep slecht, omdat ik bang was dat ik Steef niet zou horen als hij moest eten. Ik was 's morgens al moe als ik het bed uit moest. Op een gegeven moment heeft mijn moeder de knoop doorgehakt. Zij is vier weken lang drie dagen in de week wezen helpen. Ik knapte daar echt van op. Joost was er nogal van onder de indruk en heeft weinig commentaar gegeven.

Natuurlijk kregen wij ook bezoek vanuit de kerkenraad en de gemeente. Van de mensen bij wie ik vrijwilligerswerk gedaan had, kregen we kaarten en cadeautjes. In verschillende kaarten zat geld. Ik was echt vervuld van zoveel meeleven. Een paar mensen kwamen spontaan op bezoek, maar daar was Joost niet zo op gesteld. Een paar keer gebeurde het zelfs dat hij na de koffie gewoon wegging. Als ik hem er dan later op aansprak, zei hij altijd dat hij het geen interessante mensen vond. En ook al wees ik hem op fatsoens-

normen, het hielp allemaal niets. Het was zijn huis en zijn leven en hij bepaalde met wie hij om wilde gaan. Ik dwong me na zo'n gesprek om niet verder te denken, want dan raakte ik helemaal in paniek.

Ouderling De Zwaal kwam ook met zijn vrouw, en daar was ik erg blij om. Hoewel Joost wist dat ze zouden komen, belde hij mij net voor het eten op en zei dat hij een order af moest werken. Ik werd boos en zei hem dat hij dat niet kon maken.

Maar zonder erop in te gaan, legde hij de hoorn erop. Ik zei hun dat Joost later zou komen en dat vonden ze gelukkig niet erg. Ik mag hen erg graag. De Zwaal is een rustige, sympathieke man. Hij vroeg mij een paar dingen en ik vond het niet erg om erover te praten. Toen hij zei dat Steefs geboorte door ons wel als een wonder ervaren is, begon ik te huilen. Dat gebeurde wel meer en dan op de meest ongelegen momenten. Mevrouw De Zwaal stelde me gerust door te zeggen dat het vaker gebeurde bij kraamvrouwen. Gelukkig, dacht ik, dan ben ik toch niet afwijkend. Maar ze moesten eens weten! Ik had er zo naar uitgezien dat we samen de Heere zouden danken voor Zijn grote gave, maar ik wachtte vergeefs.

Je begrijpt dat ik zoiets niet durfde te zeggen.

Ondertussen luisterde ik of ik Joost aan hoorde komen. Het duurde langer dan ik had verwacht, maar hij bleek in een goede stemming te zijn. Toen ze tegen hem zeiden dat hij een prachtzoon had gekregen, glom hij van top tot teen.

Toen ze weggingen, zei mevrouw De Zwaal dat ze binnenkort nog eens langs zou komen.

Ik merk dat het me veel energie kost om dit allemaal op te schrijven. Toch wil ik nog even doorgaan, want ik ben nu nog alleen thuis. Steef ligt heerlijk te slapen.

Je moest eens weten hoe rijk ik me met hem voel. Ik kan alleen niet begrijpen dat Joost hem zo weinig vasthoudt.

Hij kijkt er wel naar en hij vraagt ook elke dag aan mij hoe het met hem gaat. Maar als ik hem dan eens wil geven, maakt hij meestal een afwerend gebaar en zegt dat hij hem nog veel te klein vindt om hem goed vast te kunnen houden. En dat vind ik gewoon vreemd! Als ik dan zie hoe mijn pa hem knuffelt. Zij zijn echt een trotse opa en oma. En ik ben heel blij dat ze overdag soms onverwacht langskomen. Dan willen ze hun kleinzoon even zien, zeggen ze. Maar als ik zie hoe mijn vader soms naar me kijkt, denk ik dat ze ook voor mij komen, en dat doet me dan weer goed. Af en toe geeft mijn pa iets bij het weggaan. Het is dan meestal een boekje waar een envelop met geld tussen zit.

Steef is ook al gedoopt. Toen hij zes weken was, hadden we een doordeweekse dienst en was er ook gelegenheid tot dopen. Wat was ik zenuwachtig. Raar natuurlijk, want ik zou eigenlijk blij moeten zijn dat ons kindje het teken van de doop ontving. Mijn ma heeft hem de kerk binnenge-bracht en daar ontroerde ik gewoon van. Het was een mooie dienst. De dominee had zijn preek helemaal afgestemd op de doop. Ik heb er veel van geleerd. Pa en ma zijn na de dienst met ons mee gegaan en we hadden gewoon een goede avond. Joost was voor zijn doen erg stil en ik geloof ook dat hij luisterde naar pa. De laatste tijd vind ik pa zo open-hartig over zijn geloofsleven geworden.

Als Hanneke dit leest, springen de tranen in haar ogen. Ze herinnert zich alles weer haarscherp. Ze hoort als het ware de stem van haar vader en moeder weer. Ze staat op om wat drinken te halen. Direct komt Joris overeind en hij loopt mee naar de keuken.

'Jaja, ik vergeet jou echt niet.'

Ze pakt een kluifje en geeft het hem. Dan loopt hij terug naar de kamer en gaat weer voor de kachel liggen.

Voor ze verder gaat lezen, trekt ze de stekker van de telefoon uit het stopcontact en legt ze nog een paar houtjes in de kachel.

Zo, nu kan ze in ieder geval niet gestoord worden. Ze moet nu zo veel mogelijk proberen te lezen. Als ze het uit heeft, zal ze het in de kachel verbranden of ze verscheurt het in duizend stukjes!

En dan maar hopen dat ze het een plaats heeft kunnen geven. Ze kan toch niet met het verleden blijven leven?

Ze zucht. Hoelang heeft ze niet op een terugkeer van Joost gehoopt? Dat zijn ogen opengegaan zouden zijn? Ze heeft erom gesmeekt, zo lang totdat ze op een keer voelde dat het van haar afgenomen werd. Het leek alsof ze er niet meer om mocht bidden. Zou de Heere het niet goed gevonden hebben voor haar dat Joost weer terug zou komen?

Ineens moet ze weer denken aan Aart van Holten. Ze is blij dat hij niet meer geweest is. Wel belt hij af en toe en dan hebben ze een oppervlakkig gesprek. Ze weet dat hij nog steeds op haar wacht, maar ze kan het niet. Ze heeft haar hart maar één keer aan een man kunnen geven. En hoe verwond haar hart ook is, ze kan gewoon niet meer van een andere man houden. Het lijkt wel of er iets in haar gestorven is.

Ze duwt die gedachten van zich af en pakt het dagboek op.

Ik had niet gedacht jou al zo snel weer iets te moeten vertellen. Maar ik kan het gewoon niet voor mezelf houden. Je weet dat mijn pa al lange tijd niet meer werkt vanwege zijn hart. Sinds we Steef hebben, komen ze overdag vaker even langs en daar geniet ik ook van. Nu kwamen ze gistermorgen onverwacht.

Ik was nog met Steef bezig, dus dat troffen ze. Ik vroeg aan mijn moeder of ze hem de fles wilde geven en dat vond ze natuurlijk prachtig. Voor ik alles op ging ruimen, zette ik het koffiezetapparaat aan. In het begin had ik helemaal niet in de gaten dat mijn pa stiller was dan anders. Toen we gezellig aan de koffie zaten, viel het me ineens op. Ik vroeg aan hem of hij zich niet lekker voelde. Maar dat was niet het geval. Hij zei dat het juist heel goed ging met hem. Niet-begrijpend keek ik hem aan en toen begon hij te vertellen. Ze hadden afgelopen zondag een dominee gehad en die had 's morgens gepreekt uit Openbaring 1, waar staat: 'En Hij legde Zijn rechterhand op mij, zeggende tot mij: vrees niet, Ik ben de Eerste en de Laatste.'

Pa vertelde dat de dominee voor hem gepreekt had. Hij zat voor zijn gevoel alleen in de kerk en hij mocht de stem van de Heere horen. Hij mocht geloven dat hij de Zijne was en dat er voor hem ook een plaats was bereid in de hemel. Hij mocht zoveel liefde ervaren dat hij dacht zo naar de hemel te mogen.

O Antje, ik was zo jaloers op mijn vader. Weet je dat we alle drie hebben zitten huilen? Wat hield ik veel van mijn ouders. Tegelijkertijd voelde ik zo pijnlijk dat ik erbuiten stond. Wat zou ik die God ook graag tot mijn God hebben! Wat zou ik dan gelukkig zijn. Dan zou ik vast ook niet zoveel last hebben van het gedrag van Joost. Ik begreep dat ze daarom gekomen waren. Mijn vader moest het gewoon vertellen. Zeggen hoe goed de Heere voor hem was, en hij zei ook dat het voor mij nog kon. Nou, toen moest ik weer huilen, dat snap je wel. Het was zo goed om zo samen te zijn. 'k Zou het vast hebben willen houden, maar dat gaat natuurlijk niet. Gelukkig bleven ze 's middags een boterham eten. Ik voelde me sinds tijden weer een beetje normaal. Even stond ik in tweestrijd om alles aan mijn ouders te vertellen, maar ik kon het niet. Ik wilde hen er niet mee belasten.

'k Was er zo vol van dat ik het 's avonds ook aan Joost wilde vertellen. Tot twee keer toe probeerde ik het, maar het ging niet. Hij had het erg druk en moest ook nog wat werk doen voor zijn baas. Ze waren met een of ander project bezig, waar Joost veel voor moest doen. Hij vond het fijn voor mij dat pa en ma geweest waren, maar voor de rest interesseerde het hem weinig.

En je moet echt van me geloven dat ik m'n best doe om hem te begrijpen, want ik houd nog steeds van hem. Daarom doet het me ook steeds zo'n pijn dat hij me niet serieus neemt. Ik wil gewoon als zijn gelijke behandeld worden. Gerespecteerd en geaccepteerd worden zoals ik ben. Ik had zo gehoopt dat het zou veranderen nu we Steef hebben, maar ik merk er weinig van. Misschien moet ik meer geduld hebben en gaat het beter als Steef wat groter is.

Antje, ik ga nu stoppen. Misschien duurt het weer een hele tijd voor ik je wat te vertellen heb. Ik maak niet zoveel mee als ik thuis ben. 'k Ben wel van plan om als het weer het toelaat, met Steef te gaan wandelen. En dan ga ik natuurlijk ook een keer langs mevrouw De Zwaal. Bij haar voel ik me op m'n gemak. Ik wil niet vereenzamen. Ik wil gelukkig zijn met Joost!

13

Ik wil wat opschrijven, maar ik ben er bijna niet toe in staat. Ik weet het niet goed onder woorden te brengen. Ik dacht je voorlopig niet nodig te hebben, maar helaas. Ik ben verscheurd van verdriet, want mijn lieve vader is bijna twee weken geleden gestorven! Wat voel ik een pijn van-binnen, en dat niet alleen, ik voel soms ook lichamelijke pijn. Ik heb je de laatste keer verteld dat mijn vader zo mocht getuigen van de goedheid van God. En nu is hij bij Hem, voor altijd. Maar ik heb geen vader meer en mijn moeder moet haar man missen. En dan zo plotseling. Het is bijna niet te bevatten. O Antje, ik beef helemaal terwijl ik je dit schrijf.

Vorige week maandag kwam ouderling De Zwaal. Ik was alleen thuis, want Joost moest overwerken. Ik nodigde hem binnen, maar voelde een soort onrust in me. Hij zag er zo ernstig uit. Gelukkig vertelde hij het me bijna direct, hoewel hij heel voorzichtig was in zijn woordkeus. Ik was verdoofd en geloofde het niet. Hoe kon dat nu toch? Ik had pa 's morgens nog aan de telefoon gehad en toen zei hij nog dat het goed ging. De Zwaal belde voor mij naar Joost, maar die konden ze niet bereiken. Wat voelde ik me vrese-lijk! De Zwaal stelde voor om mij naar m'n moeder te brengen. Steef kon ik bij zijn vrouw achterlaten. Ik vond alles goed, want het drong niet tot me door. Het enige wat ik wilde, was naar mijn vader en moeder gaan. Werktuigelijk deed ik de dingen die gedaan moesten worden. Ik miste Joost nu erg. De Zwaal bracht me met zijn auto naar mijn ouders. Ik weet niet goed meer hoe ik binnenkwam. Het leek zo'n boze droom. Maar het was werkelijkheid. Ze hadden mijn pa op bed gelegd en ik kon niet geloven dat hij overleden was. Hij zag er zo lief uit. Alsof hij zo zijn ogen weer open zou doen en mijn hand zou pakken.

Ma was uiterlijk rustig en praatte voor haar doen erg veel. Ze vertelde me dat ze naar een cd met samenzang zaten te luisteren. Dat deed pa altijd graag en hij zong dan ook mee. Ma zei dat hij nu ook mee zat te zingen. Zij was naar de keuken gegaan om te strijken. Op een gegeven moment hoorde ze hem meezingen met de psalm: ''k Zal met mijn ganse hart Uw eer, vermelden Heer', U dank bewijzen.'

Toen was het ineens stil. Even dacht ze dat het te veel werd voor hem, maar toen het stil bleef, ging ze kijken en zag ze hem met gevouwen handen in de stoel zitten. Zijn hoofd wat achterover en een glimlach om zijn mond. Hij was dus eigenlijk zingende naar de hemel gegaan. Ik werd toch wat rustiger, maar was opgelucht toen Joost kwam. Hij zag er echt ontredderd uit en wist geen woord uit te brengen. Lang hebben we bij pa gestaan zonder iets te zeggen. Daarna is hij naar ma gegaan en heeft hij gevraagd wat hij voor haar kon doen.

Intussen was de begrafenisondernemer gekomen en ook een ouderling van hun kerkelijke gemeente was er. We moesten van alles regelen. Ik bewonderde ma, dat ze op alle vragen zo rustig kon antwoorden. Joost hielp haar waar nodig en het was al bijna twaalf uur voor we naar huis konden. We vroegen ma of we die nacht bij haar moesten blijven, maar dat wilde ze absoluut niet. Ze stond erop dat we Steef op gingen halen en naar huis gingen. Ik snapte er helemaal niets van. Ik zou me geen raad geweten hebben! Mevrouw De Zwaal condoleerde ons en zei dat we altijd bij hen terecht konden. Natuurlijk begon ik weer te huilen, vooral toen ik Steef zag. Ik kon nog steeds niet goed nadenken en hoopte dat het een boze droom zou zijn.

Joost mocht vrij nemen tot na de begrafenis en daar was ik heel blij om. Hij ging elke dag met me mee naar ma, terwijl we Steef bij mevrouw De Zwaal brachten. Wat een dagen! We werden gewoon geleefd en heel veel ging langs me heen. Ik merkte dat mijn pa een grote plaats had in de kerkelijke gemeente, want met het condoleren was het ontzettend druk. Soms had ik de neiging om weg te lopen, want ik kon mezelf niet zijn. Joost was wel helemaal zichzelf en bleef rustig.

De begrafenis heb ik als in een droom beleefd. Ik weet dat het druk was, dat het een goede rouwdienst was, maar ik was verscheurd door verdriet. En als ik dan ma zag! Ik wist dat ze heel verdrietig was, want daarvoor hoefde je alleen maar naar de donkere randen onder haar ogen te kijken. Maar uiterlijk was ze zo rustig.

Antje, ik stop, want ik kan m'n gevoelens niet goed meer verwoorden. Ik ben weer gaan huilen en m'n handen trillen zo. Ik geloof niet dat ik me nog ooit goed kan voelen. Nooit had ik kunnen denken dat ik mijn pa zo vroeg zou moeten missen. Ik ben blij dat ik voor Steef moet zorgen, want anders zou ik vast en zeker hele dagen in bed blijven. Het is toch niet te geloven dat Steef zijn opa nooit zal zien? Maar ik hoop hem veel over zijn opa te kunnen vertellen.

Elke dag bel ik ma even om te vragen hoe het is. Gisteren zei ze voor het eerst dat het zwaar was. Je begrijpt dat ik toen niets meer kon zeggen, maar dat ik het liefst naar *haar toe was gegaan. 'k Zal haar in ieder geval vragen om elke week een dag naar mij te komen. Ik wist niet dat het leven zo moeilijk kon zijn.*

Joost zei vanmorgen nog dat het een voorrecht is om zo te sterven. We moesten blij zijn dat pa geen ziekbed had gehad. Nou, dat kan wel zo zijn, maar ik vind dit moeilijk te bevatten. Dit geeft zo'n enorme schok!

Ik hoor Steef huilen, dus ik stop nu echt. Dank je wel, dat je weer naar me hebt geluisterd.

*

Hoelang is het geleden dat ik je schreef? Een paar weken na het overlijden van mijn pa. Het is inmiddels een halfjaar verder. Ja echt, zo lang heb ik niets van me laten horen. Als je me kon zien, zou je van me schrikken. Ik voel me jaren ouder geworden! Vaak ben ik nog zo lusteloos en moe, dat ik het liefst in mijn bed zou blijven. Steef groeit als kool en is een leuk ventje. Wat ben ik blij met hem, hij is ook een medicijn voor me. Ik wist niet dat je zo kon lijden door verdriet. Nog vaak heb ik zo'n heimwee naar mijn pa. Ik zou hem nog van alles willen vragen en ook vertellen. Mijn ma komt gelukkig elke week een dag en soms komt ze tussendoor nog even langs. Maar nooit komt ze 's avonds, en toen ik haar ernaar vroeg, heeft ze me heel eerlijk geantwoord dat ze moeite heeft met Joost. Dat het beter is dat ze elkaar niet al te vaak zien, want dat ze dan bang is om op een gegeven moment haar mond niet te kunnen houden. En dat wil ze voorkomen, want dat zou ze heel erg vinden voor mij. Ik wist het eigenlijk al een hele tijd, maar toen ze het me zo zei, deed het me wel pijn.

Ik had gehoopt dat Joost na het overlijden van pa zou veranderen, maar dat is helaas niet gebeurd. Hij heeft me er al een paar keer op gewezen dat ik lang genoeg had getreurd over mijn vader. Dat ik eens meer aan hem en Steef moest denken, want dat het leven verderging. En daar heeft hij gelijk in, maar de manier waarop hij het allemaal zegt! Zo rationeel, in mijn ogen zo gevoelloos. Soms voel ik me in een doolhof lopen. Telkens denk ik een uitgang te hebben gevonden, maar dan loop ik weer tegen een muur.

Ik ga nog steeds eens in de veertien dagen een dag naar mijn ma. Nu neem ik natuurlijk Steef mee. Ik ga dan op de dag dat Joost thuis is. Soms snap ik niet waar hij allemaal mee bezig is. Nu is hij weer iets aan het maken voor Steef. Het lijkt wel op een kar. Ik heb hem er al een paar keer naar gevraagd, maar hij zegt dat het een verrassing is. Als hij klaar is, zal het duidelijk voor me zijn.

'k Ben blij dat hij wat meer aandacht aan Steef besteedt. Hij zegt dat hij er nu wat meer mee kan gaan doen. Met baby's heeft hij nooit zoveel gehad. Ik laat het maar zo, maar begrijpen doe ik het niet. Hij heeft me gezegd dat hij hoopte dat ik wat aan mijn conditie zou gaan doen. Hij vond me na de geboorte van Steef wat te dik gebleven. Het was voor mij een vreemde gewaarwording te merken dat ik erg rustig bleef. Hij zei dat ik een voorbeeld moest nemen aan zijn lichaam. Hij had door zijn goede zorgen voor zijn uiterlijk een atletisch figuur gekregen en hij zou het heel fijn vinden als ik mijn slanke figuur van voor de zwangerschap weer terug had. Heel rustig zei ik hem er niets voor te voelen om op dieet te gaan en dat ik niet meer dan vijf kilo zwaarder was gebleven. Het leek alsof hij mij niet hoorde, want hij stelde me voor om bijvoorbeeld drie keer in de week met hem te gaan hardlopen! Heel duidelijk heb ik hem verteld dat ik genoeg beweging had, omdat ik heel vaak met Steef ging wandelen. Daarop lachte hij schamper en zei dat zo wandelen niets opleverde. Ik ben er niet verder op in gegaan.

Maar wat ik je ook wilde vertellen, Antje. Joost is ziek geweest. Echt waar, de eerste keer sinds we getrouwd zijn. Hij is zelfs een paar dagen thuis geweest.

Het begon 's nachts met erg rillen en overgeven. De volgende morgen was hij heel naar en volgens mij had hij behoorlijk koorts. Ik zei hem dat hij de koorts op moest nemen, maar dat vond hij niet nodig. Koorts was volgens hem een goed teken, dan had hij genoeg antistoffen in zijn lichaam. Hij moest zich gewoon rustig houden en dan ging het vanzelf over. Wat ik ook voorstelde, hij wees alles van de hand. Hij moest niets hebben, want zijn lichaam had rust nodig. Je snapt dat ik me behoorlijk ellendig voelde, want hij zag er niet uit. Ik moest Steef uit zijn buurt houden, want hij wilde hem niet besmetten.

Je zult het wellicht niet geloven, maar nadat hij een paar dagen op bed had gelegen, bijna niet had gegeten en weinig had gedronken, was hij onder de douche gegaan en kwam hij tegen me zeggen dat hij even naar buiten ging.

Ik vond dat onverantwoord en zei het hem ook. Helaas luisterde hij niet naar me, hij zei dat ik niet moest zeuren. Hij kende zijn lichaam het beste en hij moest wat zuivere lucht in gaan ademen. Weer leek het alsof er een vreemde voor me stond. Hij ging weg en kwam pas na een paar uur terug. Ik zat intussen in de zenuwen, maar kon verder niets doen. Toen hij binnenkwam, zag ik zweetdruppels over zijn gezicht lopen. Hij hijgde en gaf geen antwoord op mijn vragen. Hij gingen weer douchen, kwam later met een paar boterhammen en een kom thee binnen en zei dat de beestjes uit zijn lichaam waren. Volgens mij viel m'n mond open, want ik wist echt niets te zeggen. Hij verwachtte ook geen antwoord van me, want hij begon de kranten van de afgelopen dagen te lezen.

Ik merkte dat ik toch veranderd was. Want een paar jaar terug zou ik nog erg kwaad geworden zijn, maar nu liet ik het gelaten over me heen komen.

Wel ben ik 's nachts uit bed gegaan, omdat ik niet kon slapen. Ik heb gehuild en gebeden. Gesmeekt of God me wilde helpen. Dat ik Joost mocht blijven liefhebben! Maar ik kan het niet helpen dat ik me soms afvraag hoelang ik dit nog vol zal kunnen houden. 'k Zou zo graag weten wat Joost onder liefde verstaat.

Nu moet ik ophouden, want anders denk je dat ik zelf-medelijden heb en dat wil ik niet. Ik moet verder en ik wil er blijven zijn voor ons lieve zoontje. Maar ik wil er samen met Joost voor hem zijn.

14

Ik zou je bijna niet meer kennen, Antje. Want het is al meer dan vier jaar geleden dat ik je schreef. Waar is de tijd gebleven? Als je denkt dat ik al die jaren nooit meer aan je gedacht heb, heb je het mis. Maar ik wilde jou niet steeds weer dezelfde narigheid vertellen. Want de laatste jaren zijn voorbijgegaan zonder al te veel opzienbarende gebeurtenissen. Nee, niet helemaal, maar die dingen kon ik gewoon niet opschrijven. Die waren te persoonlijk om iemand deelgenoot van te maken, zelfs jou!

Laat ik je eerst wat vertellen over onze zoon. Hij zit nu op de basisschool en het gaat nog steeds heel goed. Hij is eigenlijk nooit echt ziek geweest. Joost en ik genieten van hem. Maar we genieten elk op een heel verschillende manier.

Zodra Steef kon lopen, nam Joost hem geregeld mee. Eerst ging hij met hem fietsen en liet hij hem van alles zien. Toen hij wat beter kon praten en meer begrijpen, liet hij hem vaak helpen in de tuin. Hij schafte van alles voor hem aan. Zo lijkt het bij ons de laatste tijd wel een kinderboerderij. We hebben konijnen, kippen en kalkoenen. Joost vindt het heel belangrijk om Steef liefde voor de natuur bij te brengen en daar steekt hij heel veel tijd en energie in. Hij

schijnt niet te willen zien dat Steef ook andere belangstel-
ling heeft. Wat mij opvalt is dat Steef zo graag met auto's
speelt. En dan niet zomaar rijden, nee, hij wil gewoon
weten hoe alles in elkaar zit. Dat resulteert natuurlijk dik-
wijls in uit elkaar gehaalde auto's, maar dan krijgt hij het
meestal toch weer voor elkaar om alles op de juiste plaats
terug te zetten. Ik heb er Joost al verschillende keren op
gewezen, maar hij neemt dat gewoon niet serieus. Hij
denkt dat zoiets vanzelf overgaat. Ik heb geen bezwaar
tegen de dieren die hij aangeschaft heeft, maar ik kan er
nog steeds niet aan wennen dat Joost soms als slager
optreedt en ik dan weer een konijn, kalkoen of kip moet
braden. Aan de andere kant: dit vind ik heel wat beter dan
een schaap te moeten eten! Als ik daar nog aan denk, lopen
de rillingen over m'n rug.

Soms ben ik ongewild getuige van de verhalen die Joost
aan Steef vertelt. En ik moet er dan inwendig om lachen dat
Steef nauwelijks luistert. Hij is veel te ongedurig en wil
gewoon spelen. Gelukkig gaat het op school goed met hem en
hij gaat er graag naartoe.

Je zult het niet geloven, maar ik heb van Joost een auto
gekregen om Steef naar school te brengen, want hij zag wel
dat het te ver voor me was om elke dag te fietsen. Ik denk
dat hij geaccepteerd heeft dat ik niet zo sterk ben als hij. Als
het mooi weer is, vind ik het fijn om Steef op de fiets naar
school te brengen, maar als het regent of hard waait gaat
het gewoon niet. En voor Steef is het dan ook veel te koud.

Voor mij was het erg wennen om weer met zoveel andere
mensen in contact te komen. Ik heb de jaren die Steef thuis
was, nauwelijks kennissen of vrienden gehad. Joost nodigde
af en toe iemand uit die hij interessant genoeg vond. Maar
als er eens iemand op bezoek kwam en hij kon er volgens
hem niet echt mee praten, dan liet hij overduidelijk merken
dat hij er niets aan vond. Ik heb wat huilbuien gehad en ik

heb het vaak genoeg geprobeerd om hem aan zijn verstand te brengen dat ik het best fijn vond om wat contacten te hebben. Maar hij begreep me gewoon niet. Steevast zei hij dan tegen mij dat ik genoeg aan hem en Steef moest hebben. Ik had alles wat ik nodig had, dus wat moest ik nog meer? Dan wees hij me op de leegheid van de meeste mensen, die alleen voor de luxe leefden en weinig oog hadden voor alles wat de natuur te bieden had.

O Antje, als hij zo begon, dan werd ik eigenlijk een beetje bang. Want hij was dan zo gedreven dat hij niet te stuiten was. Het leek alsof hij dan alleen tegen zichzelf aan het praten was. Maar o wee als ik wegliep: dat nam hij me heel kwalijk. Want hij hoopte nog steeds dat mijn ogen een keer open zouden gaan en dat ik ook zag dat het helemaal verkeerd ging met onze samenleving. Dan zou ik samen met hem kunnen gaan werken en zodoende een voorbeeldfunctie hebben voor de omgeving. Ik werd er alleen maar moe van, vreselijk moe, en ik vereenzaamde steeds meer.

'k Was heel blij dat mijn ma nog geregeld een dag kwam. We gingen weleens gezellig een dagje winkelen. Daar knapte ik helemaal van op. Ze kocht ook vaak kleertjes voor Steef. Dat vond ze heel fijn om te doen. Ik wachtte er dan altijd even mee om het aan Joost te laten zien, want die had het liever niet. Gelukkig durfde hij het niet tegen ma te zeggen. Op de een of andere manier had hij toch ontzag voor haar. Hij wilde dat ik kleertjes voor Steef kocht die functioneel waren. Moet je je voorstellen, zo'n klein kind en dan functionele kleding!

Kun je begrijpen dat ik uitgevochten raakte? Wat en hoe ik ook probeerde, alleen hij zag de dingen op de juiste manier. Hij was dankbaar dat hij daar oog voor had gekregen en ik moest daar ook blij om zijn. Hij kon mij dan nog bijsturen!

Ik ga nog geregeld naar doordeweekse diensten in onze

gemeente. Dat gebeurt nogal eens omdat we geen eigen predikant hebben. Joost gaat nooit mee, want hij vindt dat zo overdreven. De zondagse diensten moeten je voldoende bagage meegeven voor de hele week. Maar gelukkig houdt hij me nooit tegen. Soms vertel ik hem wat van de preek, vooral als die me geraakt heeft. Hij gaat er nooit verder op in, maar zegt altijd dat hij hoopt dat de dominees ook op zondag zullen komen.

Twee jaar geleden kwam er een jong stel in het dorp wonen. Ze zijn ook lid geworden van onze kerkelijke gemeente. Ik kwam haar later tegen in de winkel en ze begon spontaan tegen me te praten. Ze vond Steef een heel leuk ventje en ik vroeg haar een keer langs te komen. Ik schrok van mezelf, maar ik voelde dat het klikte tussen ons. Ze beloofde het, maar wist nog niet wanneer, omdat ze drie dagen in de week werkte.

Na die ontmoeting voelde ik me meer mens. Dat begrijp je zeker niet, maar de laatste jaren is mijn eigenwaarde behoorlijk gedaald. Om het met andere woorden te zeggen: ik heb een behoorlijk negatief zelfbeeld gekregen. Ik ben aan zoveel dingen van mezelf gaan twijfelen. Vooral ook omdat ik na Steef niet meer zwanger werd. Soms merk ik aan mijn ma dat ze veel ziet en begrijpt. Dan is ze nog hartelijker voor me.

Mijn ma is zo veranderd, zeker na het overlijden van pa. Ze is nog steeds stil en rustig, maar naar mij toe is ze veel opener geworden. Soms vertelt ze ineens iets uit hun huwelijksleven. Maar dan voel ik zo pijnlijk het verschil tussen hen en Joost en mij. Zij waren een eenheid en wij zijn twee mensen die naast elkaar leven. En toch voel ik me vaak schuldig, want als ik net zo'n geloof zou hebben als mijn pa had, zou het vast en zeker beter gaan tussen Joost en mij. Dan zou ik veel meer overredingskracht hebben en dan zou *hij me denk ik ook serieuzer nemen. En nu voel ik me meestal een ongelovige!*

Even wachten, Antje, want ik schrik nu zelf van de woorden die ik opschrijf. Je moet me goed begrijpen, Joost is niet slecht voor me. Hij zorgt goed voor een heleboel dingen. Maar ik zou zo graag merken dat hij me respecteert, me als zijn vrouw ziet. En daar zal ik altijd tevergeefs op hopen, denk ik.

De laatste tijd verlang ik weleens naar een tweede kind-je. Ik heb het vorige week nog tegen Joost gezegd. Hij zei dat ik me daar niet druk om moest maken. Hij ziet een groot gezin helemaal niet zitten. Maar daar heb ik het helemaal niet over gehad en dat bedoelde ik ook niet.

Ik dwaal af. Ik vertelde je over die jonge vrouw met wie ik een afspraak had gemaakt. Ze is inderdaad na een paar weken bij me geweest. Het was op een woensdagmiddag, dus Steef was ook thuis. Ik had in tijden niet zo'n gezellige middag gehad. We hebben over van alles en nog wat gepraat en de tijd vloog om. Ze vond dat we heel mooi woonden, maar zei dat zij liever in het dorp zelf woonde. Zij hield van mensen om zich heen. We spraken af dat ik de volgende keer bij haar op de koffie zou komen. Ik zou het dan op een morgen doen, zodat ik Steef gelijk van school kon halen. Wat was ik blij, want ik hoopte al dat we vrien-dinnen zouden worden. Eigenlijk niets voor mij, want toen ik nog thuis was, had ik nooit een echte vriendin gehad. Mijn moeder was ook heel blij voor me en stimuleerde me daarin. Joost hoorde het aan en haalde zijn schouders op. Als ik er echt behoefte aan had, moest ik het zelf weten. Hij wilde er niet mee belast worden en ik moest wel zorgen dat het werk thuis er niet onder zou lijden. Alsof ik het elke dag zo druk had!

De daaropvolgende maanden werden heel anders voor me. Arianne en ik werden echte vriendinnen. We zagen elkaar toch wel één keer in de drie weken. Op een keer was zij er toen Joost onverwacht 's middags thuiskwam. De kennismaking was heel koel en Joost had nauwelijks aandacht voor haar. Wat bleek? Hij ging informeren bij een bedrijf waar hij belangstelling voor had gekregen. Hij ging vragen of ze misschien nog iemand nodig hadden.

Ik was helemaal verbaasd, maar liet niet zoveel merken. Maar het ging die middag niet zoals anders. Ik was nogal afwezig en Arianne ging ook vroeger weg dan anders. Ik heb natuurlijk wel een en ander aan Joost gevraagd. Ik nam het hem heel kwalijk dat hij het er niet met mij over had gehad. Maar hij zei dat ik me niet zo druk moest maken, omdat er nog niets aan de hand was. Hij was alleen gaan informeren. Dat informeren bleek toch nog een vervolg te hebben, want een maand later kreeg hij een uitnodiging voor een gesprek. En wat denk je? Hij werd aangenomen! Het was een bedrijf dat zich bezighield met het ontwikkelen van medicijnen op natuurlijke basis. En Joost was aangenomen als vertegenwoordiger. Ik kon het me gewoon niet voorstellen! Joost moest winkels en dergelijke langsgaan om producten te promoten. Hij ging ook minder verdienen, maar dat was maar tijdelijk volgens hem. Ik was echt boos en het duurde wel even voor ik weer normaal kon doen tegen hem.

De eerstvolgende keer dat ik bij Arianne kwam, heeft ze me eerlijk gezegd dat ze niet veel van Joost moest hebben. Dat ze wel bij mij wilde komen, maar niet als hij thuis was. Dat heb ik geaccepteerd, maar ik voelde me wel weer erg onzeker.

Ik word soms zo heen en weer geslingerd. Ben ik dan zo blind geweest dat ik helemaal niet zag hoe Joost was? Ik kan me dat gewoon niet voorstellen en ik geloof het niet ook. Arianne kwam ook weleens langs als ma er was en dat ging erg goed. Ze is nooit met haar man bij ons op bezoek

geweest. In het begin vond ik het erg, later kwam ik erach-
ter dat het goed was. Haar man had een heel goede baan en
was vaak in het buitenland voor zijn werk. Joost en hij
waren eigenlijk tegenpolen.

Ik vond het vreselijk toen Arianne mij kwam vertellen
dat ze moesten verhuizen. Haar man Peter werd overge-
plaatst naar een andere vestiging. Ik heb toen echt gehuild,
want ik was zo ontzettend blij met haar vriendschap. We
beloofden elkaar te zullen bellen en als het even kon, zou ze
ook mij blijven bezoeken. Het is twee keer gebeurd, maar
toen ging het over. Ik vond dat echt heel jammer, maar kon
het aan de andere kant ook wel weer begrijpen. We bellen
elkaar nog weleens en dan gaat het altijd goed. We hebben
elkaar dan altijd veel te vertellen.

Maar nu kreeg ik eind vorige week een brief van haar.
Daarin schreef ze dat ze te horen hadden gekregen dat ze
nooit kinderen konden krijgen. Ze kon mij dit niet telefonisch
vertellen en dat kan ik best begrijpen. Ik vond het vreselijk
voor hen, want ze waren allebei zo dol op kinderen. Ik heb
haar direct een brief terug geschreven en ik hoop dat ze de
kracht krijgen om dit te dragen. Een beetje kan ik me voor-
stellen wat ze voelt, want wij hebben ook bijna acht jaar moe-
ten wachten op onze Steef. Maar als je zo'n definitieve uit-
slag te horen krijgt, is dat wel diep ingrijpend. Dan moet je
wel erg veel van elkaar houden om dit samen te kunnen ver-
werken.

15

Met een zucht legt Hanneke het dagboek voor zich op het tafeltje. Ze moet moeite doen om zich in het heden te plaatsen, want het leek alsof ze alles weer herbeleefde.

Ze ziet dat de kachel uitgegaan is, maar het is nog behaaglijk warm in de kamer. Joris slaapt zo diep, dat hij gewoon ligt te snurken. Ze staat op en loopt naar de keuken om het avondeten klaar te maken. Tjonge, wat is dit confronterend. Het lijkt of het gisteren allemaal gebeurd is.

Als de bel gaat, komt Joris blaffend overeind en loopt naar de voordeur. Hanneke vraagt zich af wie er op deze tijd aanbelt. Tot haar verbazing ziet ze Natasja staan.

Ze doet de deur helemaal open en zegt dat ze maar gauw binnen moet komen. Ze ziet dat het kind alleen een trui aanheeft en geen jas.

'Je moet voortaan een jas aantrekken, hoor. Het is veel te koud.'

'Ja, maar het regent niet meer.'

'Maakt niet uit, je zou ziek worden.'

'Ben ik al geweest. Ik had allemaal pukkeltjes en

mama zei dat het een kinderachtige ziekte was.'

Hanneke schiet in de lach. 'Ze zal wel gezegd hebben dat het een kinderziekte was.'

Natasja knikt en loopt door naar de kamer.

'Lekker warm hier,' zegt ze, terwijl ze naast Joris op de grond gaat zitten.

'Weten ze thuis dat je weg bent?'

Ze haalt haar schouders op en zegt dat papa en mama de hele dag weg zijn.

Hanneke voelt zich weer kwaad worden en neemt zich voor de zoveelste keer voor om hen er eens op aan te spreken.

'Daarom ben je de afgelopen week niet geweest. Ik werd al een beetje ongerust.'

Natasja gaat er niet op in, maar zegt alleen dat ze weer beter is.

'Heb je al gegeten?' vraagt Hanneke.

'Ik heb een kadetje gegeten met hagelslag.'

'Weet je wat, dan gaan we het gezellig maken. Ik was begonnen met eten koken en nu doe ik het ook voor jou. Lust jij appelmoes en gebakken aardappelen?'

Natasja's gezichtje verheldert helemaal en enthousiast zegt ze: 'Heel lekker, en ook frikandellen.'

'Moet ik even in de diepvries kijken. Als ik ze heb, krijg je die erbij. Maar ik heb ook nog gehaktballen.'

'Lust ik ook.'

Voor Hanneke verdergaat, legt ze eerst nog wat hout in de kachel. Met opgetrokken knieën gaat Natasja ervoor zitten met Joris naast haar.

Hanneke had verwacht dat het meisje in de keuken zou komen kijken, maar dat gebeurt niet. Als ze om het hoekje van de deur kijkt, ziet ze Natasja nog steeds in dezelfde houding zitten. Alleen heeft ze haar arm om Joris heen geslagen. Hanneke ontroert ervan en doet voorzichtig de deur dicht.

Als ze aan tafel gaan, zegt Natasja: 'Dit vind ik gezellig.'

'Ik ook. Nu zijn we samen en dat is leuker dan alleen.'

Hanneke hoeft niet te vragen of Natasja haar handen wil vouwen, want dat doet ze uit zichzelf. Na het 'amen' zegt ze met een diepe zucht: 'Het helpt echt niet, hoor.'

'Wat helpt niet?'

'Nou, ik heb aan God gevraagd of ik Hem ook mag kennen, maar ik hoor nog steeds niets. En Hij is wel bij jou. Ik denk dat ik te klein ben voor Hem. U bent groot en Hij woont al zo lang bij u.'

'Hoe kom je daar nu toch bij? Niemand is te klein of te groot voor God. Hij hoort en ziet ons altijd en overal.'

'O, ik… ikke… als je Hem kent, ben je nooit alleen.'

'Dat is waar. Maar dan toch kun je je nog wel eens alleen voelen, hoor. Soms denk ik zelfs dat God mij vergeten is.'

'Echt waar?'

'Ja, dat komt omdat ik Hem dan niet vertrouw en dat is natuurlijk heel erg. Als je Zijn kind mag zijn, dan zal Hij altijd voor je zorgen, wat er ook gebeurt.'

'Nou, dan kan ik dat niet zijn, want dan moeten eerst je papa en mama dood zijn, natuurlijk.'

Hanneke legt haar hand op de arm van Natasja en zegt dat ze eerst zullen eten, want als ze blijven praten wordt het eten koud. Na het eten kunnen ze er dan verder over praten. Dat vindt Natasja een goed idee, en Hanneke geniet ervan als ze ziet hoe ze zit te smullen. Even gaat het door haar heen: kon ze maar bij mij blijven. Maar dat is uiteraard niet mogelijk.

Natasje zegt met volle mond dat ze het heerlijk vindt. Hanneke knikt wat afwezig. Haar gedachten draaien steeds om het punt hoe ze het Natasja zo eenvoudig mogelijk kan uitleggen wat het betekent een kind van God te zijn. Wat voor haar gesneden koek is, is voor dat kind een vreemde taal.

Net als de vorige keer schuift Natasja haar stoel naast die van Hanneke, als ze uit de Bijbel gaat lezen. Ze leunt tegen haar aan en blijft heel stil zitten.

Als Hanneke klaar is met lezen, zegt Natasja: 'Zo, dat was mooi. Kan God dan gewoon alles? Ook ongelukkige mensen beter maken? Woonde Hij maar hier bij ons in het dorp. Dan zou ik vast naar Hem toe gaan en Hem vragen of ik ook bij Hem mag horen.'

Hanneke verwondert zich over de openheid waarmee Natasja over alles praat. Alleen als het over haar vader en moeder gaat, lijkt het of er een deurtje dichtgaat.

Natasja helpt met de tafel afruimen. Ze wil ook per se afdrogen en Hanneke vindt het goed. Ineens zegt Natasja: 'Nog twee keer zondag en dan ben ik jarig. Dan word ik acht jaar. Kom jij... u dan ook?'

'Zouden je papa en mama dat goedvinden?'

Hanneke merkt een aarzeling en gaat er verder niet op door.

Na een poosje komt de reactie. 'Ik zal het vragen. Als het mag, komt u dan echt?'

'Ja, en dan breng ik ook een cadeautje voor je mee. O, daar gaat de telefoon, even wachten, hoor.'

Snel droogt ze haar handen aan haar schort, pakt de telefoon en zegt haar naam. 'Ja, dan hebt u de juiste persoon.'

'Prima. Ik laat haar hier en ik wacht tot jullie thuis zijn.'

Natasja is naast haar komen staan en kijkt haar met grote angstogen aan.

Hanneke legt de hoorn er weer op.

'Was dat mama?'

'Ja, ze zei dat ze vanavond later thuis zouden zijn. Maar omdat ze thuis geen gehoor kregen, dachten ze dat jij hier zou zijn en dat was ook zo.'

'Was ze boos op mij?'

Verbaasd kijkt Hanneke haar aan en ze schudt haar hoofd. 'Je mag hier blijven, want ze komen jou hier ophalen.'

De angst is uit Natasja's ogen verdwenen. Spontaan slaat ze haar armen om Hannekes hals en geeft haar een kus.

De avond vliegt om. Hanneke heeft een kleuterbijbel opgezocht, die ze vroeger gebruikte om Steef uit voor te lezen. Enthousiast bekijkt Natasja de platen en ze vraagt zoveel, dat Hanneke niet weet waar ze moet beginnen.

Halverwege de avond merkt Hanneke dat Nastasja moe wordt.

'Ik wil je best naar huis brengen, hoor, dan kun je naar bed.'

Ineens zit Natasja weer overeind en kijkt Hanneke met grote ogen aan. Ze schudt haar hoofd en zegt op besliste toon dat ze bij haar wil blijven.

Als Hanneke haar een bakje chips geeft, zegt ze: 'Nu ben ik eigenlijk al een beetje jarig. Lekker, hoor. Heeft u altijd chips?'

'Nee, maar wel vaak.'

'O, ik vind deze heel lekker, maar mama heeft ze nooit. Wel veel drinken altijd, want dat is goed, zegt ze.'

'Hier drink je anders niet zoveel. Kijk maar, je glas

is nog steeds niet leeg.'

Verbeeldt ze het zich of krijgt Natasja even een kleur? Ze besluit er niet verder op in te gaan.

Het is al halfelf geweest als de bel gaat.

'Blijf jij maar even hier. Het zullen je vader en moeder wel zijn.'

Hanneke opent de voordeur en ze hoeft niet te vragen of het de moeder van Natasja is die ze ziet staan. Ze kijkt in dezelfde kleur ogen. Maar onwillekeurig schrikt ze van de harde blik die ze erin ziet.

'U komt uw dochtertje halen? Komt u maar verder.'

'Nou nee, liever niet. We willen direct naar huis. Ik wacht wel in de auto.'

Hanneke krijgt geen gelegenheid om te reageren, want de vrouw heeft zich al omgedraaid en loopt terug.

Natasja zit nog steeds op de bank en kijkt op als Hanneke binnenkomt.

'Kom, je vader en moeder wachten in de auto.'

Even nog geeft Natasja Joris een knuffel. Hanneke loopt mee naar de voordeur.

Ze is van plan mee te gaan naar de auto, maar daar krijgt ze de kans niet voor. Natasja kijkt haar nog kort aan en rent dan naar buiten.

Verbouwereerd blijft Hanneke in de deuropening staan tot ze de auto weg ziet rijden.

16

Hanneke slaat het dekbed terug en gaat haar bed uit. Ze knipt het licht aan en ziet op de wekker dat het nog maar twee uur is.

Ze zucht een paar keer diep en wrijft in haar ogen. Ze heeft ontzettend akelig gedroomd en haar hoofd bonst. Ze zal eerst maar naar beneden gaan om wat te drinken, want als ze nu weer in slaap valt, krijgt ze misschien een paniekaanval. En daar zit ze niet op te wachten.

In de kamer is het nog lekker warm. Ze ziet dat er nog wat vuur in de kachel is. Ze pakt uit de houtmand een paar houtjes en legt die op de gloeiende as. Binnen een paar tellen brandt het hout. Ze hoort Joris al aan de keukendeur krabben.

'Ja ja, ik kom. Je mag de kamer in.'

Van blijdschap springt hij tegen haar op en gaat dan voor de kachel liggen.

Ze maakt een kom melk warm in de magnetron, pakt een paar crackers en loopt terug naar de kamer. Ze voelt zich ellendig en alleen. Hoe komt ze toch aan die dromen? Zou dat met het verwerken van haar dagboek te maken hebben? Nee, ze zegt het verkeerd, het is het verwerken van het verleden.

Toch heeft ze hoop dat het een keer over zal gaan. Ze merkt dat haar tanden tegen de kom klapperen. Kom, nu niet in paniek raken, maar proberen om aan iets anders te denken.

Ze ziet Natasja weer voor zich staan. Vorige week kwam ze heel verdrietig bij haar om te vertellen dat Hanneke niet op haar verjaardag mocht komen. Zij ging met haar vader en moeder een dagje weg en verder kwam er niemand. Hanneke had medelijden met het meisje, want ze merkte dat Natasja het heel erg vond. Voor Hanneke zelf was het ook een teleurstelling, want ze zou heel graag eens persoonlijk kennis met hen maken. Maar op de een of andere manier ontwijken ze haar telkens. De afgelopen week is Natasja niet meer geweest. Ook woensdagmiddag niet. Hopelijk komt ze morgen, want op zaterdag is ze meestal alleen.

Hanneke zucht. Ze is de laatste tijd van het meisje gaan houden en ze geniet van de bezoekjes van haar. Vooral als ze merkt dat Natasja belangstelling heeft voor de bijbelse verhalen. Dan is haar gebed of de Heere het meisje voor Zijn rekening wil nemen. Aan de andere kant is ze ervan overtuigd dat Natasja dingen voor haar verbergt. Soms ziet ze ineens zo'n angst in haar ogen, dan zou ze haar wel in haar armen willen nemen en zeggen dat ze niet zo bang hoeft te zijn. Maar wie weet wat er dan gebeurt. Dan komt ze misschien niet meer, en dat wil Hanneke voorkomen. Nee, ze zal geduld moeten hebben. Als Natasja haar vertrouwt, gaat ze misschien wat meer vertellen.

Ze ziet het als een geschenk van God dat Natasja op haar weg is geplaatst. De laatste jaren heeft ze zich vaak afgevraagd wat de zin van haar leven nog is. Dan voelde ze zich zo nutteloos en alleen. Sinds Natasja bij haar komt, ziet ze meer lichtpuntjes, en ze moet er niet aan denken dat het meisje om de een of andere reden niet meer zal komen.

De warmte in de kamer maakt haar soezerig en voor ze het weet, valt ze op de bank in slaap.

Verdwaasd kijkt Hanneke in het rond. Hé, ze ligt niet in haar bed, maar op de bank. Ze komt overeind en direct staat Joris naast haar.

Ineens herinnert ze zich alles weer. Ze verbaast zich erover dat ze zo snel in slaap is gevallen en dat ze helemaal niet meer wakker is geworden van nare dromen of een paniekaanval. Ze is wel wat stijf geworden van het lange liggen op de bank, maar dat zal vast snel verdwijnen.

Ze staat op en loopt naar de keuken om Joris eten te geven. Dan gaat ze naar boven om zich te douchen. Ze heeft zin om een lange wandeling met Joris te maken. Even lekker buiten zijn.

Ze haast zich niet en het is bijna een uur later als ze beneden komt. Ze zet koffie en dekt de tafel. Zo, nu heerlijk op het gemak alles doen, want anders heeft ze straks de hele dag hoofdpijn. Als ze naar buiten kijkt, ziet ze een waterig zonnetje tevoorschijn komen. Hopelijk knapt het weer nog meer op, want op regen zit ze nu niet te wachten.

Langzaam eet ze een paar boterhammen en drinkt ze twee mokken koffie. Ze voelt zich opknappen. Even staat ze in tweestrijd of ze nog zal wachten om te gaan lopen.

Ze treuzelt met de afwas en het opruimen. Ze voelt zich toch niet zo goed. Misschien is het beter om thuis te blijven, maar ze weet dat ze dan toch weer gaat lezen in het dagboek. Nee, laat ze maar lekker naar buiten gaan en even uitwaaien.

Toch geniet ze niet zo van de wandeling als anders. Joris doet alle moeite om haar aandacht te trekken. Ze probeert haar gedachten een andere richting in te laten gaan, maar dat lukt niet zo best.

Ongemerkt is ze toch een heel eind buiten het dorp gekomen. Joris is het nog niet beu en springt af en toe rond haar heen.

'Kom Joris, we lopen nog een eindje verder en dan ga ik daar even op een bankje zitten.'

Tot haar verbazing zit er nog iemand op het bewuste bankje. Een onbekende vrouw zit helemaal in elkaar gedoken en schrikt zichtbaar als zij met Joris bij haar staat.

De vrouw mompelt wat onverstaanbare woorden en staat op.

'Blijft u toch zitten,' zegt Hanneke vriendelijk, 'de bank is groot genoeg. Ik kan er gemakkelijk naast.'

De vrouw wijst naar Joris en Hanneke stelt haar gerust door te zeggen dat ze voor hem helemaal niet bang hoeft te zijn. Joris snuffelt wat aan haar voeten en gaat dan liggen.

''t Is niet zo lekker als gisteren,' begint Hanneke.

Geen antwoord.

Voorzichtig kijkt ze opzij en ze ziet de vrouw nog steeds in elkaar gedoken zitten.

'Hebt u het koud?'

'Nee,' is het korte antwoord.

Net als Hanneke besluit om maar weer terug te gaan, kijkt de vrouw haar aan en zegt met vreemde stem: 'Bent u hier bekend?'

'Best wel.'

'Nou eh, weet u of er in het dorp een Jako Zuidervan woont?'

Onwillekeurig schrikt Hanneke, en haar gedachten gaan razendsnel. Wat wil deze vrouw van hem?

'Bent u naar hem op zoek?'

Hanneke schrikt van de woede die ze in de ogen tegenover haar ziet. 'Dat kunt u wel zeggen, ja. Ik ben al weken naar hem op zoek. Ik moet hem gewoon spreken, want hij staat bij mij nog in de schuld.'

Hanneke heeft de neiging om te zeggen dat ze hem niet kent, maar dat vindt ze niet eerlijk. 'Ik ken hem niet persoonlijk, maar…'

Ze krijgt geen gelegenheid om haar zin af te maken, want de vrouw zegt op schampere toon dat het maar goed is dat ze hem niet kent.

'Dus hij woont in het dorp?' Verwachtingsvol kijkt de vrouw haar aan.

Hanneke knikt. 'Ja, maar ik weet niet of u hem thuis zult treffen.'

De vrouw lacht onaangenaam. 'Maakt niet uit. Ik wacht gewoon tot hij thuiskomt.'

Ineens komt ze overeind en Hanneke verbaast zich over de lengte van de vrouw. Ze komt net tot Hannekes schouders.

'Mevrouw, blijft u hier maar lekker zitten. Ik zal me heel goed vermaken vandaag.' Tot schrik van Hanneke begint ze in haar handen te klappen en hard te lachen. Ze maakt een paar rondedansjes en lacht weer hard. De rillingen lopen Hanneke over de rug. Ze is ervan overtuigd dat de vrouw niet normaal reageert.

Joris komt grommend overeind en loopt naar de vrouw toe. Die maakt een sprongetje van schrik en loopt dan met kleine, snelle pasjes weg.

Joris wil achter haar aan gaan, maar een kort 'hier blijven' van Hanneke doet hem stilstaan. Wel ziet ze dat zijn nekharen overeind staan.

Tjonge, wat een vreemde, heftige ontmoeting. Onwillekeurig moet ze aan Natasja denken. Het is te hopen dat het kind deze vrouw niet ontmoet. Ze zou er helemaal van overstuur raken.

Hanneke heeft geen zin meer om nog langer te blijven zitten. Ze maakt de riem vast aan de halsband van Joris en langzaam loopt ze terug naar huis. Ze hoopt niet dat ze de vrouw nog tegenkomt.

Als ze vlak bij haar huis is, ziet ze twee fietsen staan. Ze begrijpt dat Steef en Willeke er zijn en gaat wat sneller lopen. Het lijkt of Joris het ook in de gaten heeft, want hij trekt erg aan de riem.

Hijgend staat ze even later bij de achterdeur. Ze maakt hem open en laat Joris eerst naar binnen. Blaffend loopt hij door naar de kamer en Hanneke hoort Willeke al zeggen: 'Nee Joris, dat wil ik niet.'

Ze kijkt even in de spiegel of haar haren niet al te verward zijn en loopt dan naar de kamer.

'Hallo mam, we zijn maar zo vrij geweest om hier op u te wachten. We hadden eerst nog gebeld, maar u nam niet op. We wilden toch een fietstocht maken vandaag, dus het was niet zo erg dat u niet thuis was. Ik heb al koffiegezet voor ons. Zal ik voor u ook inschenken?'

'Prima, daar heb ik zin in.'

Even staat ze in tweestrijd om over de ontmoeting van zojuist te vertellen, maar het lijkt haar beter om het niet te doen.

Steef zit nogal op zijn praatstoel, maar Hanneke voelt dat er nog wat zal komen.

Ze voelt zich onrustig en telkens ziet ze die vrouw weer voor zich.

'Hebt u veel gelopen, mam?' vraagt Steef.

'Nou, ik heb een behoorlijk eind met Joris gewandeld. Eens even kijken. O, ik ben veel langer weggeweest dan ik dacht. Zeker twee uur.'

'Nou, het is in ieder geval goed voor uw conditie.'

Al die tijd heeft Willeke bijna niets gezegd. Wel ziet Hanneke haar een paar keer bewust naar Steef kijken.

Eindelijk begint Steef: 'Mam, we zijn niet zonder reden hierheen gekomen. We hebben een probleempje en we hopen dat u ons wilt helpen.'

Hij zwijgt en wacht op Hannekes reactie.

'Nou, laat maar horen dan. Ik ben benieuwd.'

'Wij laten binnenkort ons huis grondig opknappen. En we laten het eerst boven doen en later beneden. Nu zouden we het fijn vinden als we volgende maand vier of vijf nachten bij u zouden mogen slapen.'

Het valt Hanneke op dat Steef haar niet aankijkt. Het blijft lang stil. Hanneke kijkt van Steef naar Willeke en zucht diep. Ze moet zich beheersen, want anders zou ze zo gaan zitten huilen.

Ze begint voorzichtig te zeggen dat ze het fijn vindt dat ze hun huis op gaan knappen en dat het best veel rommel zal geven. Ze zwijgt even en gaat dan verder. 'Maar, Steef en Willeke, ik mag niet goedvinden dat jullie hier enkele nachten slapen. En jij moet toch weten, Steef, waarom ik dat niet goed kan keuren.'

Scherp klinkt Willekes stem ineens: 'Zie je nu wel, Steef! Ik heb het je toch gezegd? Je moeder is oerconservatief! Totaal niet iemand van deze tijd.'

Hanneke voelt zich boos worden, maar beheerst zich.

Steef probeert weer: 'Mam, wanneer accepteert u onze manier van leven nu eens? We zijn toch volwassen? Het is toch onze verantwoordelijkheid? En u kunt uw eigen zoon toch niet weigeren om bij u te slapen?'

Ineens voelt Hanneke zich rustiger worden, en waar ze de woorden vandaan haalt, weet ze later zelf niet. 'Ik kan goed begrijpen, Willeke, dat jij vindt dat ik niet van deze tijd ben. Daar heb je eigenlijk gelijk in. Soms voel ik me hier ook helemaal niet meer thuis. Dan mag ik heimwee hebben naar de toekomst die mij uit genade bij God wacht. Die God, die mij al die jaren vastgehouden heeft. Die ik door genade heb leren kennen en die ik ook lief mag hebben. Nee, wacht even, dat is voor jou vreemde taal. Maar wat zou ik jou en Steef zo'n leven gunnen. Daar verbleekt alles van deze wereld bij. Dan mag je weten wat echte, pure liefde is. Liefde zonder bijbedoelingen. Die gestalte heeft gekregen in de Zoon van God, de Heere Jezus. Lieve kinderen, Hem mag ik toebehoren. Daarom wil ik ook Hem gehoorzamen en dat houdt onder andere in dat ik niet kan toestaan om jullie bij mij in huis te laten slapen. Hoe belachelijk het ook in jullie oren klinkt. Het heeft er niets mee te maken dat ik niet van mijn kind zou houden. Dat weet Steef maar al te goed, maar ik kan hierin niet meegaan.'

Hanneke zwijgt en ziet dat Willeke haar met open mond aan zit te staren.

Dan barst Willeke los: 'Wat ben ik blij dat Steef totaal anders is! Hier wil ik gewoon niet over nadenken. Dit is voor mij zo'n belachelijk iets. Steef, we weten nu heel duidelijk hoe je moeder erover denkt. Kom, we gaan naar huis.'

Even aarzelt Steef, maar Hanneke voelt heel goed aan dat hij geen weerstand kan bieden tegen Willeke. Zonder nog iets tegen Hanneke te zeggen, gaan ze weg. Bij de kamerdeur kijkt Steef nog even om en de blik in zijn ogen gaat dwars door haar heen. Als ze de voordeur dicht hoort slaan, knapt er iets in haar. Ze huilt erg lang.

17

Hanneke is boven aan het strijken als ze Joris hoort blaffen. Ze hoort aan de manier van blaffen dat het een bekende is. Ze trekt de stekker uit het stopcontact en loopt naar beneden. Halverwege de trap hoort ze de stem van Natasja.

Ze is blij dat Natasja er weer is. Wat zal ze veel te vertellen hebben.

'Hallo, ben je daar weer?' Met deze woorden komt ze de kamer in.

Dan houdt ze verschrikt haar mond en kijkt het meisje aan. Ze ziet een grote pleister op Natasja's wang en ook haar hand zit in het verband.

'Wat heb jij nu weer gedaan? Ben je gevallen of hebben jullie een ongeluk gehad met de auto?'

Natasja schudt haar hoofd. 'Geen ongeluk met de auto, maar ik ben gevallen.'

'Jij valt best vaak, hoor. Heb je veel pijn?'

'Nu niet meer.'

'Gelukkig. Ik ben in ieder geval blij dat je er weer bent. Het is wel erg lang geleden.'

Nadenkend kijkt Natasja haar aan en iets in haar ogen verontrust Hanneke.

'Ik moest thuisblijven van mama.'

'Mocht je niet naar mij?'

'Gisteren niet, maar nu ben ik gewoon gekomen. Papa en mama moesten vandaag lang weg.'

Hanneke zucht, maar gaat er niet verder op in. Ze is veel te blij dat het meisje er weer is. Ook Joris blijft tegen Natasja op springen.

'Ben je wel naar school geweest?'

'Eerst niet, toen wel.'

'O. Ik ga eerst wat drinken halen en dan moet jij me maar eens vertellen hoe je verjaardag geweest is, want daar ben ik wel heel nieuwsgierig naar.'

'Ik lust graag chocomel.'

'Dat heb ik. Warm of koud?'

'Heel warm, lekker.'

Als Hanneke met drinken terugkomt, zit Natasja in kleermakerszit op de bank, en Joris ligt ervoor.

'Hoe is het met Snoetje?' begint Hanneke even later.

Dat hoeft ze geen twee keer te vragen, want Natasja begint enthousiast te vertellen. Hoe ze haar elke dag uitlaat en hoe leuk zij kan spelen. Glimlachend hoort Hanneke het aan en ze moet telkens lachen om de reactie van Joris als hij het woord 'poes' hoort.

'Je moet Snoetje maar niet meer meebrengen, want dan loopt ze van schrik weer weg voor Joris. Joris wil dan natuurlijk met haar spelen en zij is er denk ik bang voor.'

'Ja, als ik haar aan het riempje uitlaat kom ik ook wel eens een hond tegen. Dan krijgt Snoetje ineens een heel hoge rug en haar staart gaat dan ook omhoog. Maar zij is heel lief.'

'Nou, dat geloof ik direct. Zullen we straks nog even met Joris naar buiten gaan?'

'Ja leuk. Mag ik hem dan aan de riem vasthouden?'

'Zou je dat kunnen? Hij is zo sterk, dat hij je misschien ondersteboven trekt.'

'Jij, o nee u, bent er toch bij?'

'Goed, afgesproken. Maar nog even wat anders. Je mag gerust tante Hanneke tegen mij zeggen, hoor. Tenminste, als je dat fijn vindt.'

Natasja krijgt een kleur en knikt heftig.

'Maar nu moet je nog wat van je verjaardag vertellen.'

Direct heeft Hanneke spijt van haar vraag, want ze ziet het gezichtje van Natasja helemaal betrekken.

'Je hoeft het niet te doen, hoor. Dan gaan we over iets anders praten.'

'Het was wel leuk,' begint Natasja aarzelend, 'ik heb een echte computer gekregen!'

'Wat?' Ongelovig kijkt Hanneke het meisje aan.

'Echt waar. Niet zo heel groot, maar toch een grotemensencomputer. Ik kan dat al heel goed.'

'Nou, ik kan het helemaal niet. Trouwens, ik heb er niet eens een.'

'Nee? En ook niet een televisie?'

'Nee, ook niet.'

Natasja kijkt haar wat meewarig aan. 'En u bent toch alleen?'

Hanneke moet nu even lachen. Ze begrijpt precies wat Natasja bedoelt en zegt dan ook: 'Nou, ik mis het echt niet, hoor. Ik heb een telefoon en veel muziek. En ik ga graag met Joris wandelen en ik lees ook erg veel.'

'Leest u dan van uw God?' Ernstig kijkt het meisje haar aan.

'Veel wel. Maar soms ook andere boeken.'

'Uw God is heel sterk, hè?'

'Hoezo?'

'U hebt toch een keer tegen mij gezegd dat Hij zomaar water weg kan duwen.'

'Water wegduwen?'

'Ja, en toen konden alle mensen erdoorheen lopen.'

'Je hebt gelijk. Je bedoelt toen er een droog pad kwam door de Jordaan. Dat toen alle Israëlieten erdoorheen konden lopen.'

'Ja. Enne… Hij luistert toch ook naar kinderen?'

'Nou en of. Maar waarom vraag je dat?'

Natasja friemelt wat aan haar shirt. Dan klinkt het zacht: 'Ik denk dat Hij ook naar mij geluisterd heeft.'

'Echt waar?'

'Ja, ik was in de nacht heel bang en toen heb ik gevraagd aan uw God of ik niet meer bang hoefde te zijn. En ineens was ik niet meer bang en kon ik zomaar slapen. Goed hè?'

Hanneke ontroert ervan, ze slaat haar arm om het meisje heen en drukt haar tegen zich aan. Stil blijft Natasja tegen haar aan zitten.

Joris komt overeind, legt zijn kop op Natasja's schoot en blijft haar onafgebroken aankijken. Ze aait hem en hij geeft haar een lik over haar gezicht.

'Hij vindt mij altijd lief.'

'Zeker weten.'

'Tante Hanneke?'

'Ja.'

'Ik denk dat God boos op mij is.'

'Hoezo?'

'Nou eh… ik ben weleens stout. Enne… ik heb ook een keertje gelogen.'

Ze zucht diep en kruipt nog dichter tegen Hanneke aan.

Het duurt even voor Hanneke kan reageren. In haar hart is een stil gebed tot de Heere, of Hij haar de woorden wil geven om het meisje nog meer van Hem te mogen vertellen.

Ze staat op, loopt naar de kast en haalt er een pakje uit. Dat geeft ze aan Natasja en ze zegt dat het haar verjaardagscadeautje is.

Verrast pakt Natasja het aan en haalt het papier eraf. 'O, is dat ook een boek van uw God? Is dat echt voor mij?'

Ze bladert erin en vraagt telkens wie het zijn op de tekeningen die erin staan. Hanneke gaat weer naast haar zitten en begint dan heel eenvoudig te vertellen hoe God de Heere Jezus heeft laten geboren worden en hoe Hij op de wereld heeft geleefd en waarvoor. Ze hoeft niet naar woorden te zoeken, want ze voelt dat Natasja luistert. Als ze vertelt dat de Heere Jezus gevangen is genomen en ook is gekruisigd, komt Natasja met een ruk overeind en met tranen in haar ogen zegt ze: 'Dat vind ik gemeen, echt gemeen! Hij had toch niets gedaan? En dan zomaar vastmaken op een kruis? Ging Hij dood?'

Met grote ogen kijkt ze Hanneke aan en die gaat verder met vertellen. Op een gegeven moment rollen de tranen bij Natasja over de wangen.

'Stoute mensen. Hij was zo lief! Gingen de mensen toen allemaal weg toen Hij dood was?'

Hanneke vertelt van Zijn begrafenis en van Zijn opstanding. Als Natasja dat hoort, klapt ze in haar handen en enthousiast klinkt het: 'Wat een sterke Jezus, hè, tante Hanneke. Eerst dood en toen ineens weer levend. En nog steeds?'

Ze zwijgt even en Hanneke ziet haar denken.

Dan staat Natasja op, ze loopt naar het raam en kijkt naar buiten.

Tot haar grote verbazing hoort Hanneke: 'Sterke

Jezus. Tante Hanneke zegt dat U hoog in de hemel woont. Ik ben nog klein. Ik ben nu bij tante Hanneke. U bent haar God. Ik wil ook zo graag van U zijn. Mag dat alstublieft, want dan hoef ik ook niet meer bang te zijn. En ook niet verdrietig. Ik probeer niet meer stout te zijn, want U bent vast nog boos op mij. Ik heet Natasja.'

Hanneke staat op en loopt even naar de wc. Ze wil niet dat Natasja ziet dat ze huilt. Ineens hoort ze de stem van Willeke weer. Wat een tegenstelling! Zou hier toch een taak liggen voor haar?

Het verbaast haar dat Natasja niet vragend roept waar zij is. Ze loopt nog even naar boven om haar gezicht met koud water te wassen en gaat dan weer terug.

Natasja staat nog steeds voor het raam. Ze draait zich om als ze Hanneke hoort vragen of ze meegaat naar buiten.

Hanneke pakt de riem van Joris, doet hem bij hem om en trekt haar jas aan.

Geduldig wacht ze tot Natasja ook klaar is. Ze ziet dat ze heel voorzichtig de kinderbijbel op de tafel legt. 'Die mag ik straks meenemen naar huis, toch?'

'Natuurlijk, hij is helemaal voor jou.'

Het eerste gedeelte lopen ze zwijgend naast elkaar. Hanneke heeft gezegd dat ze buiten het dorp met Joris mag lopen.

De zon schijnt, maar het waait stevig.

Ineens pakt Natasja haar hand en zegt angstig: 'Kijk, tante Hanneke, daar is die enge mevrouw.'

'Enge mevrouw?'

'Ja, kijk daar.'

Ze wijst met haar vinger naar een smalle straat en

Hanneke ziet de vrouw lopen die ze vorige week in de polder heeft ontmoet.

'Heb je die al meer gezien?'

Natasja knikt en knijpt nog harder in Hannekes hand. 'Kom,' zegt ze gejaagd, 'we moeten hard lopen.'

Op een drafje lopen ze de Dorpsstraat uit. Als ze buiten het dorp zijn, haalt Natasja opgelucht adem en begint ze te vertellen: 'Dat is echt een enge mevrouw. Ze is bijna bij ons binnen geweest, echt waar. Maar papa was sterker en die heeft haar naar buiten geduwd. Ze praatte heel raar en telkens zei ze dat papa mee moest komen. Ik was bang en mama vond het ook niet leuk. Papa heeft toen gezegd dat ik nooit meer de deur open mocht doen als ik alleen thuis ben. Raar hè? En gisteren liep ze bij onze school. Ik ben hard naar huis gerend. En heb het ook tegen papa gezegd.'

'Zeker vreemd. Maar ik denk dat die mevrouw ziek in haar hoofd is.'

'Waarom?'

'Nou, ik heb haar vorige week ook gezien. Ze heeft ook tegen mij gepraat en daaruit begreep ik dat ze ziek is.'

'Dan moet ze vragen of Jezus haar beter maakt, want dat kan Hij.'

Het is voor Natasja duidelijk en ze begint over iets anders te praten. Maar Hannekes gedachten gaan naar die onbekende vrouw. Er zal vast en zeker iets gebeurd zijn tussen haar en de vader van Natasja. Ze wil er Natasja niet verder naar vragen, want daar zal ze alleen maar meer door van streek raken.

Maar dat die vrouw bij de school rondliep, zint haar helemaal niet. Gelukkig dat Natasja het thuis verteld heeft. Haar ouders zullen vast wel maatregelen genomen hebben. Ze zullen in ieder geval de school hebben ingelicht. Je moet er toch niet aan denken dat ze zo'n kind mee zou nemen!

Aan de andere kant, zij zouden haar nu zeker niet meer alleen thuis moeten laten. Die vrouw kan zomaar weer een keer voor de deur staan, en dan?

'Nog drie keer zondag en dan is het heel lang vakantie.'

'Ja, dat is waar. Vind je het fijn?'

'Niet helemaal. Het duurt dan zo lang. Maar nu heb ik ook een boek van God en daar ga ik in lezen. Als Hij ook mijn God wil zijn, dan kom ik het vertellen. Maar dat duurt wel lang, denk ik. U bent al groot, maar ik ben nog zo klein. Mag Joris nu rennen?'

Hanneke schiet in de lach als ze hoort hoe Natasja van de hak op de tak springt met haar gedachten. Daar moet je echt kind voor zijn.

Ze maakt de riem los en Joris rent vooruit met Natasja achter zich aan. Hanneke begrijpt dat ze niet veel last van haar hand heeft, want anders zou ze wel rustiger doen.

Natasja is helemaal enthousiast als Hanneke een balletje uit haar jaszak haalt. Telkens moet Joris het balletje opzoeken en bij haar terugbrengen. Dat worden ze niet gauw beu en het is al behoorlijk laat in de middag als ze teruggaan naar huis.

'Ik vind het wel gezellig,' reageert Natasja als ze binnen zijn.

'Ik ook. Moet je al naar huis, of blijf je bij mij eten?'

Even aarzelt Natasja, dan zegt ze: 'Snoetje is ook alleen thuis, maar zij vindt het niet erg.'

'Weet je wat. Ik ga frietjes bakken en dan ga je na het eten direct naar huis. Dan is het ook nog licht. Zijn papa en mama vanavond laat thuis?'

Natasja haalt haar schouders op. 'Niet als het nacht is.'

'Dat is dan afgesproken.'

Als Hanneke bezig is, staat Natasja erbij. Ze praat honderduit over school en over de juf. Hanneke begrijpt dat het goed gaat tussen die twee en daar is ze blij om.

Ze verbaast zich over de hoeveelheid frietjes die Natasja naar binnen werkt. Het lijkt of ze in dagen niet gegeten heeft.

Ondertussen praat ze weer over Snoetje. Hanneke neemt zich voor om haar thuis te brengen, want dan weet ze zeker dat ze goed aangekomen is.

Na het eten doen ze samen even de afwas en dan is het tijd voor Natasja om naar huis te gaan. Het ontgaat Hanneke niet dat er weer een zekere onrust in de ogen van het meisje komt.

'Mag Joris ook mee?'

'Als jij dat leuk vindt?'

Natasja knikt en trekt haar jas aan. Dan pakt ze de riem en doet die bij Joris om.

'We gaan niet hard lopen, hoor,' waarschuwt Hanneke, 'want vanmiddag ging je er zo snel vandoor.'

Natasja schudt haar hoofd en loopt naar buiten. De wind is gaan liggen en het is nog heerlijk buiten.

'We lopen nog een beetje om, want het is nu zo lekker.'

'Ja, dan ben ik ook niet zo snel thuis.'

'Ben je niet graag thuis?' Onderzoekend kijkt Hanneke Natasja aan. Ze ziet dat haar lippen beginnen te trillen, maar dan zegt Natasja zo luchtig mogelijk: 'Soms ben ik bang. Kijk, tante Hanneke, ik ga daar bloemen plukken.' Ze wijst naar de berm van de weg, waar wat madeliefjes groeien.

'Goed, geef mij Joris dan maar even.'

Even later heeft Natasja haar handjes vol met madeliefjes.

'Voor jou,' zegt ze glunderend.

'Dank je wel. Ik zet ze thuis in een vaasje.'

Het duurt even voor ze in de straat komen waar Natasja woont. Ineens pakt ze Hanneke weer bij haar arm en angstig zegt ze: 'Daar is die mevrouw weer. Kijk, daar.'

Inderdaad ziet Hanneke vlak bij het huis van Natasja de vreemde vrouw lopen. Ze maakt allerlei gebaren en Hanneke ziet haar ook geregeld naar binnen kijken. Ineens heeft Hanneke haar besluit genomen. 'Kom, Natasja, we gaan terug. Jij gaat nu niet alleen naar huis.'

'Maar Snoetje is wel alleen binnen.'

'Die is het gewend en die is ook niet bang. Kom, we gaan terug, want dit vind ik niet leuk.'

Natasja huppelt met haar mee. 'Blijf ik dan heel lang bij u? Tot papa en mama thuis zijn?'

'Ja hoor, als ze jou niet thuis vinden, zullen ze mij vast en zeker wel bellen.'

Het is al negen uur geweest als de telefoon gaat. Een geïrriteerde stem vraagt of Natasja nog bij haar is. Op haar bevestigend antwoord wordt gezegd: 'Dat was niet de afspraak met haar. Wilt u haar direct naar huis sturen?'

Hanneke voelt zich kwaad worden, maar ze beheerst zich en zegt dat het beter is dat ze haar zelf komen halen.

Even blijft het stil aan de andere kant, dan wordt er kortaf gezegd dat ze eraan komen.

Ondertussen staat Natasja naast haar en kijkt haar

weer met angst in haar ogen aan. Als Hanneke de hoorn teruglegt, vraagt Natasja of papa en mama boos waren.

Hanneke schudt haar hoofd en zegt alleen dat ze ongerust waren. Ze heeft er geen zin in om het kind nog banger te maken.

Zonder iets te zeggen heeft Natasja haar jack al aangedaan en als de bel gaat, lopen ze samen naar de voordeur. Snel heeft Hanneke de kamerdeur dichtgedaan, zodat Joris niet mee kan lopen.

Ze opent de voordeur en ziet een man staan. Boos kijkt hij van haar naar Natasja en hij zegt: 'Dat was niet de afspraak! Je had thuis moeten zijn en...'

Hanneke laat hem niet uitpraten, maar zegt zo rustig mogelijk: 'Sorry hoor, maar ik heb haar hier gelaten. Komt u even binnen, dan hoort u de reden.'

Hij schudt zijn hoofd en blijft staan. Koel kijkt hij haar aan en zegt dat hij benieuwd is naar de reden.

'Ik ging mee om Natasja na het eten naar huis te brengen. Maar vlak bij jullie huis schrok ze van een onbekende vrouw die daar rondliep. Die is blijkbaar al meer bij jullie aan de deur geweest en daarom heb ik haar mee terug genomen.'

Ze ziet dat hij schrikt en hij vraagt aan Natasja of het die vrouw is die bij hen aan de deur geweest is. Ze knikt heftig en haar lippen trillen verdacht.

'Nou, dat verandert de zaak. Mevrouw, bedankt dat u haar mee terug genomen heeft. Ik zal zorgen dat die vrouw niet meer in de buurt van ons huis komt. Kom, Natasja, we gaan.'

Zonder zich aan Hanneke voorgesteld te hebben, loopt hij met Natasja naar de auto en ze hoort hem met hoge snelheid wegrijden.

18

Hanneke legt nog wat hout in de kachel en gaat dan op de bank zitten.

Ze is moe, want ze heeft de afgelopen dag heel veel gedaan. Ze is begonnen met de tuin, daarna heeft ze op zolder een en ander uitgezocht en opgeruimd en toen heeft ze de badkamer nog gesausd. Eigenlijk heeft ze te veel gedaan voor één dag, maar ze heeft een voldaan gevoel.

Joris vond het prachtig om ook in de tuin bezig te zijn. Steeds liep hij haar voor de voeten en als ze onkruid uitgetrokken had en het op het paadje gooide, rende hij erachteraan.

Ze kijkt naar buiten en ziet alleen maar donkere wolken. Vanmorgen was het zo mooi, maar eer het middag was, regende het erg, en tegen de avond kwam er een onweersbui opzetten. Omdat het binnen wat klam was geworden, heeft ze de kachel aangestoken. Ze heeft zich vanmorgen al voorgenomen om haar dagboek verder te gaan lezen. Het is alweer een tijdje geleden dat ze het gedaan heeft en ze voelt zich nu sterk genoeg om erin verder te gaan.

Ineens moet ze weer aan Natasja denken. Ze is na

die bewuste avond weer verschillende keren geweest. Haar moeder belde haar een paar dagen later op een avond en vertelde haar namens haar vriend dat hij die vreemde vrouw had leren kennen toen hij een keer opgenomen was geweest in een psychiatrisch ziekenhuis. Die vrouw was heel gek op hem geworden en zei ook steeds dat ze voor elkaar bestemd waren. Zelf moest hij er niet veel van hebben, maar die vrouw was nogal vasthoudend en bleef hem opzoeken. Mede daardoor is hij al een paar keer verhuisd en hij dacht er nu verlost van te zijn. Maar ze bleef hem opzoeken en na een paar jaar stond ze ineens voor de deur. Hij heeft nu de politie ingeschakeld, want ze ervaren het als een soort stalken.

Meer heeft ze niet verteld, maar het werd veel duidelijker voor Hanneke. En ze is heel blij dat Natasja toestemming van haar ouders heeft gekregen om bij haar te blijven komen.

Ze geniet ervan en ze vindt het helemaal niet leuk dat Natasja en haar ouders volgende week voor drie weken op vakantie gaan. Het zal dan weer stil worden bij haar. Zelf gaat ze al jaren niet meer op vakantie omdat ze daar helemaal geen behoefte meer aan heeft.

Langzaam drinkt ze haar mok koffie leeg. Ze verbaast er zich voor de zoveelste keer over dat ze zich zo aan Natasja is gaan hechten. Het lijkt of ze elkaar al jaren kennen.

Ze pakt het dagboek en bladert erin. Ze ziet dat ze al ver over de helft is met lezen.

Antje, het is weer lang geleden dat ik je wat schreef. Maar nu ben ik er echt even voor gaan zitten om bij te praten. Ik zie dat het al een paar jaar geleden is, maar dat geeft niet. Al die tijd is voorbijgegaan met de bekende ups en downs.

Je weet nu wel zo'n beetje hoe het is met Joost en mij. Ook daar is nog steeds geen verandering in gekomen. Hij werkt nog bij dat bedrijf dat medicijnen maakt op natuurbasis, maar de laatste tijd merk ik een zekere onrust bij hem en dat is meestal een teken dat er wat gaat komen. Ik wacht maar af, want als ik ernaar vraag, is er toch niets aan de hand.

Steef zit nu in de vierde klas en het gaat gelukkig heel goed met hem. Hij is bijna nooit ziek en het leren gaat ook vanzelf. Joost claimt hem nogal. Steef moet allerlei werkjes voor hem doen in de tuin en moet ook de dieren verzorgen. Soms merk ik dat het hem erg tegen gaat staan en dat hij veel liever met zijn vriendjes speelt. In de loop der jaren heb ik geleerd om wat meer voor mezelf op te komen en duidelijk m'n grenzen te stellen naar Joost. In het begin negeerde hij me steeds, maar uiteindelijk heb ik toch wel wat dingen voor elkaar gekregen.

Ik sta er onder andere op dat Steef vriendjes mee naar huis mag brengen. Joost moest daar in het begin niet veel van hebben, want daar zou Steef niet wijzer van worden. Gelukkig heb ik voet bij stuk gehouden en ik geniet van die keren dat hij vriendjes meebrengt. Dan voel ik mezelf ook een stuk jonger. Ik ben bang dat Joost toch op den duur teleurgesteld zal raken in Steef, want hij heeft veel meer voorkeur voor machines en alles wat ermee te maken heeft. Hij is gek op lego en daar kan hij uren mee spelen. Ik verbaas me er dan over wat hij er allemaal van maakt. Pas geleden riep hij mij om te komen kijken. Trots liet hij zien wat hij gebouwd had en wat denk je? Hij had een soort kabelbaan gemaakt die nog echt werkte ook.

Want je moet weten dat wij de laatste paar jaar 's zomers weer op vakantie gaan naar Oostenrijk. Joost is daar helemaal weg van en hij vond het tijd worden dat Steef daar ook mee naartoe ging. Hij is zelf met Steef bergschoenen gaan kopen en hij was wat trots toen Steef de eerste vakantiedag met ons mee ging. Halverwege de dag was ik al erg moe, terwijl er aan Joost en Steef nog niets te merken was. Joost stelde mij voor om ergens te gaan zitten en wat te drinken, en dan zou hij met Steef verder gaan wandelen. Het huilen stond me nader dan het lachen, maar ik was zo verstandig om ermee in te stemmen.

De volgende dag ging Joost alleen met Steef op stap, maar toen ze 's avonds thuiskwamen, begon Steef te huilen en zei dat hij bij mij wilde blijven. Dat deed me ontzettend goed en zodoende is Joost een paar dagen alleen op stap geweest, terwijl ik met Steef wegging. We genoten samen van de kabelbanen en van het varen op een groot meer. Toen Joost de tweede week Steef min of meer dwong om weer met hem mee te gaan, deed het me goed dat Steef zei dat ik dan ook mee moest. Gelukkig hield Joost zich in en we hadden gewoon een gezellige dag.

Toch zag en zie ik er nog steeds tegen op om met vakantie te gaan. Ik voel me die weken zo ontzettend alleen en vaak ook afgekeurd. Je zult misschien zeggen dat dit wat sterk uitgedrukt is, maar zo is het echt. Ik zorg altijd dat ik genoeg boeken bij me heb, want ik lees gelukkig erg graag. De laatste vakantie vroeg Steef of hij een vriendje mee mocht nemen, omdat hij het helemaal niet leuk vond om alleen mee te gaan. Dat nam Joost hem zeer kwalijk en hij kreeg een hele uiteenzetting over hoe goed het was om met zijn vader de natuur in te gaan. Dat ze dan God beter leerden kennen.

Toen ik 's avonds Steef naar bed bracht, sloeg hij zijn armen om me heen en zei hartstochtelijk: 'Mam, ik vind u heel lief.' Dat ontroerde me en ik begreep meer dan hij zei.

Ik vind mijn moeder ook oud worden, Antje. Het vliegt me soms zo aan als ik eraan denk haar ook te moeten missen! Daar wil ik gewoon niet aan denken, maar het komt natuurlijk een keer. Ze heeft tot nu toe een goede gezondheid gehad, maar de laatste tijd heeft ze wat klachten. Ik vind haar ook lusteloos. Weet je dat ik dan vanbinnen helemaal in paniek raak? De gedachte dat ik zonder ouders verder zou moeten is voor mij onverdraaglijk! Ik mag zo natuurlijk niet denken, want zo gaat het leven. Mijn moeder zelf zou zeggen: het ene geslacht gaat, het andere komt. Misschien houd ik wel te veel van haar. Ze komt gelukkig nog vrij veel bij ons en Steef is dol op haar. Vaak brengt ze wat voor hem mee en daar is hij altijd zo blij om. Joost is altijd voorkomend tegen haar, maar wel afstandelijk. Om de een of andere reden voelt hij zich bij haar toch onzeker.

Nu ik zo zit te schrijven, komen er allerlei herinneringen boven. Ik moet denken aan vorig jaar, toen Joost een keer thuiskwam met een emmer paardenbloemen.

Hij zei tegen mij te verwachten dat ik er nu wel achter gekomen was hoe we zouden moeten leven. En hij vroeg me of ik die paardenbloemen wilde koken, want dat was een gezonde groente.

Op dat moment werd ik heel driftig: ik schrok van mezelf. Maar ik zei dus dat ik er niet over peinsde zoiets klaar te maken. Als hij het graag wilde eten, dan moest hij het zelf maar doen. Zonder commentaar te geven heeft hij inderdaad alles zelf klaargemaakt en hij heeft het ook opgegeten. Hij wilde het Steef laten proeven, maar die begon letterlijk te kokhalzen en daar was ik heel blij om. Wat was ik teleurgesteld, want ik had echt gehoopt dat zulke ideeën verleden tijd waren. Ik was al aan zoveel dingen gewend geraakt, dat ik daar niet zoveel last meer van had, maar dit viel bij mij radicaal verkeerd. Het heeft een paar dagen geduurd voor hij weer normaal tegen mij deed. En dat wil wat zeggen, want meestal doet hij meewarig en geeft mij het gevoel dat ik niet helemaal normaal ben.

Af en toe komt mevrouw De Zwaal langs. Zij fietst erg

graag en als het mooi weer is, probeert ze even een praatje te maken. Heel soms ga ik 's morgens bij haar op de koffie en daar geniet ik erg van. Ze zal nooit iets negatiefs over Joost zeggen en ook nooit iets vragen, maar ik voel gewoon dat ze me begrijpt. Wel geloof ik dat ik moeite heb om met leeftijdgenoten vriendschap te sluiten, want ik voel me gewoon jaren ouder. Niet lachen, hoor, maar dat is echt zo. Misschien heb ik wel te veel tijd om na te denken en til ik overal te zwaar aan.

Doordat Steef vriendjes heeft, moet ik hem soms ook bij hen op gaan halen. Dan gaat hij na schooltijd met hen mee of hij mag op een verjaardagsfeestje komen. Ik probeer me ervoor af te sluiten als ik merk hoe het bij anderen thuis is. Daar wil ik gewoon niet over nadenken, want ik moet verder met Joost en ik koester die zeldzame momenten dat het goed is tussen ons. Ik moet je ook eerlijk bekennen dat ik soms mag ervaren dat ik door God vastgehouden word. Je begrijpt vast wel dat ik ook weleens moedeloos ben en overal een schop tegen kan geven. Dan hunker ik gewoon naar warmte, naar liefde. Ik weet ook dat Joost vindt dat hij goed voor mij en Steef is en dat we niets tekort komen. Maar het wezenlijke mis ik gewoon. Wat denk jij? Zou dat nodig zijn voor mij? Zou God zoiets goed kunnen vinden voor iemand? Allemaal vragen waar ik gewoon geen antwoord op weet. Misschien wordt het me nooit duidelijk.

Antje, ik dwaal af en ik wil jou ook niet het gevoel geven dat ik zelfmedelijden heb. Trouwens, ik moet stoppen, want ik hoor Steef binnenkomen. Zodra ik weer gelegenheid heb, hoor je van me.

*

Zo, hier ben ik weer. Het duurde wat langer dan ik had verwacht, maar dat ging niet anders.

Steef is vorige week jarig geweest. Hij is tien jaar gewor-
den! Al dagen van tevoren was hij er zo vol over. Hij wist
al precies wie hij allemaal zou vragen voor zijn verjaardag.
Er zouden zeven jongens komen en twee meisjes. Joost vond
het erg overdreven, maar ik zei dat het goed was voor Steef.
We wonen toch al zo ver buiten het dorp. Joost vroeg me wel
hoe die kinderen hier moesten komen en hij was ook niet
van plan om er vrij voor te nemen. Dat vond ik helemaal
niet erg en ik wist ook zeker dat één moeder best een paar
kinderen wilde brengen. Met haar had ik al een tijdje leuk
contact bij school. Maar ik durfde haar niet uit te nodigen
om eens een keer op de koffie te komen. Gelukkig heeft zij
het mij ook nog niet gedaan, want dan zou ik me verplicht
voelen haar een keer terug te vragen.

De verjaardag van Steef was best gezellig. Hij heeft van
ons een nieuwe fiets gekregen, omdat hij erg graag alleen
naar school wil fietsen. Zelf moest ik erg aan het idee wen-
nen, maar Joost vond het een teken van groei en vond het
heel goed van hem. De fiets die hij graag wilde, vond Joost
erg overdreven. Hij kon een fiets krijgen 'zonder toeters en
bellen' en anders helemaal niet! Gelukkig legde Steef zich
erbij neer, maar hij heeft al een paar keer tegen mij gezegd
dat hij papa soms vreemd vindt. En dat deed me toch pijn,
want ik wilde zo graag dat hij tegen zijn vader op zou zien.

Maar hij was toch blij met zijn fiets en hij is er al een
paar keer mee naar school gegaan. Zelf vond ik het minder
leuk, want zodoende worden de contacten die ik bij school
had, ook minder. Bah, niet negatief gaan doen.

Antje, even goed luisteren naar me. Tegen jou durf ik het
wel te zeggen: de laatste tijd heb ik vaak zulke sombere
gedachten. Dan durf ik niet verder te denken, want dan zie
ik de toekomst zo donker. Soms ben ik 's morgens al moe als
ik m'n bed uit moet. Dan zou ik het liefst blijven liggen en
gewoon doorslapen. Zou het komen omdat ik merk dat Steef

me ook minder nodig heeft? Hij is echt wel gek op mij, maar hij wordt zo groot en krijgt ook al een duidelijke eigen mening. Ik houd m'n hart vast als ik aan de toekomst denk. Hij draagt het hart op de tong en flapt er alles uit. Dat blijft natuurlijk niet goed gaan met Joost. Want die gaat ervan uit dat Steef hem in alles zal volgen. En daar heb ik dus m'n twijfels over.

Wacht even. Ik hoor de telefoon. Ik ben zo terug…

O Antje, hier ben ik even. M'n moeder belde dat ze zich helemaal niet goed voelt. Ik ga direct naar haar toe. 'k Heb Joost al gebeld en gezegd dat ik ook nog naar school zal bellen. Hij vroeg of het niet overdreven was om direct naar m'n moeder te gaan, maar daar ben ik niet verder op in gegaan. Ik ga gewoon en ik weet zeker dat Steef bij een van zijn vriendjes mag komen. Je hoort van me, hoor.

*

Een week geleden vertelde ik je dat ik naar m'n moeder ging, omdat ze belde dat ze zich helemaal niet goed voelde. Er is daarna zoveel gebeurd, dat ik geen tijd had om het je allemaal te vertellen. Maar nu ben ik vandaag thuis en ga jou eerst alles vertellen. Misschien moet ik af en toe even stoppen, want ik ben helemaal uit m'n evenwicht.

Steef mocht dus na schooltijd naar een vriendje en ik ben met de bus naar m'n moeder gegaan. De auto die ik had gekregen van Joost om Steef naar school te brengen, hebben we niet meer. Er moesten grote reparaties aan gebeuren en daar had Joost het geld niet voor over. Vandaar dat ik de laatste tijd veel gebruik maak van het openbaar vervoer.

Toen ik binnenkwam, schrok ik echt van mijn moeder. Ze had een van pijn vertrokken gezicht en ze zag heel bleek. Ze vertelde dat ze die afgelopen nacht veel pijn in haar rug en buik had. Dat de paracetamol helemaal niet hielp en dat

het eigenlijk alleen maar erger was geworden. Ze had ein-
delijk de dokter gebeld en die zou die middag langskomen.
Ik was zo blij dat ik gegaan was en we hoefden ook niet lang
op de dokter te wachten. Hij onderzocht haar en zei toen
dat hij liever had dat ze naar het ziekenhuis ging. Hij belde
zelf en een paar uur later zaten we in het ziekenhuis. Ma
bleek ook behoorlijk koorts te hebben en de pijn bleef het-
zelfde. Er werd direct bloed afgenomen en de internist heeft
haar ook nog onderzocht. Ze moest in ieder geval blijven en
het was al laat voor ik naar huis kon. Ik mocht de auto van
ma meenemen. Dan kon ik makkelijk bij haar op bezoek
komen.

De eerstvolgende dagen vond ik haar alleen maar achter-
uit gaan. Ze vertelde me dat ze zich al een paar maanden
niet goed voelde. Geregeld was ze 's nachts wakker gewor-
den van de pijn, maar ze dacht dat het wel over zou gaan.
Ik werd echt ongerust en ik ging elke dag bij haar op
bezoek. Het verbaasde me dat ze zoveel bezoek uit hun
gemeente kreeg. Toen ik gistermiddag bij haar was, kwam
de arts vragen of we met hem mee wilden gaan. Hij zei dat
ma niet mocht lopen, maar dat ze met een rolstoel naar zijn
kamer moest komen. Je begrijpt dat ik heel erg bang werd,
maar dat zei ik niet tegen ma. Weet je dat ik het nu net een
boze droom vind? Ik hoop nog steeds dat het allemaal niet
waar is…

We zaten dus bij de dokter. Overigens een aardige, rusti-
ge man. Hij begon te vertellen dat hij de uitslagen van
bijna alle onderzoeken binnen had en uit die onderzoeken
bleek dat het niet goed was met ma. O Antje, wat er toen
allemaal door m'n hoofd ging! Ik was gewoon heel bang en
ik was het liefst hard weggerend, maar ik bleef uiterlijk
rustig bij ma zitten. De dokter leek het zelf ook moeilijk te
vinden om eerlijk te zeggen wat er aan de hand was.
Eindelijk zei hij heel voorzichtig dat ze verschillende tumo-

ren ontdekt hadden. Bij het woord tumor schrok ik nog erger. Maar m'n ma bleef rustig en ze vroeg of er nog behandelingen mogelijk waren. Langzaam schudde de dokter zijn hoofd en hij zei dat ze heel weinig meer voor haar konden doen. Hij durfde haar ook niet te opereren, omdat er makkelijk complicaties konden optreden.

Ik vroeg ook nog of ze dan niet konden bestralen of chemokuren geven. De dokter legde uit dat het geen zin had. M'n moeder was dus opgegeven. Ik kon het nauwelijks bevatten. Achteraf schaamde ik me zo, Antje, maar ik moest echt huilen en zei tegen de dokter dat hij zich misschien vergiste, want dat ik niet kon geloven dat het zo ernstig was met m'n moeder. In plaats van dat ik ma troostte, deed zij het mij.

Wat voelde ik me ellendig. De dokter vertelde nog dat ze er alles aan zouden doen om de pijn draaglijk te houden. Op de vraag van ma of ze toch naar huis mocht, knikte hij en hij zei dat alles geregeld zou worden zodat ze thuis kon zijn.

Daarna verliet hij ons en er kwam even later een verpleegkundige binnen. Blijkbaar was zij ook op de hoogte, want ze ging bij ons zitten en begon te praten. Ik voelde me verdoofd en wist gewoon niets te zeggen. Ik bewonderde in stilte mijn ma, want ze vroeg van alles aan de verpleegkundige.

Toen we weer samen waren, begon ma tegen mij te praten. Ik wist niet wat ik hoorde. Zo had ik haar nog nooit horen praten. Ze vertelde dat ze vorig jaar al wist dat ze niet lang meer zou leven. Onder een preek had de Heere haar dat duidelijk gemaakt. Ze had het daar erg moeilijk mee gehad en had de Heere gesmeekt of ze nog wat jaren mocht blijven leven voor mij. Maar daar kreeg ze geen antwoord op. In het begin dacht ze dat ze zich wellicht vergist had, maar toen die pijn kwam, werd het duidelijk voor haar. Toch wilde ze niet direct naar de dokter gaan, omdat ze hoopte dat het over zou gaan. Maar dat gebeurde niet en het werd haar duidelijk dat dit de weg was die ze moest gaan. Maar ze mocht ook weten dat de Heere haar hier doorheen zou helpen. Dat ze gelouterd zou worden door lijden, maar dat ze daarna voor eeuwig bij Hem zou mogen zijn.

O Antje, wat heb ik gehuild. Ik voelde zoveel liefde voor m'n moeder en ik moest er niet aan denken dat ik haar ook zou moeten missen. Ik was boos, opstandig tegen God. Waarom moest dit zo gebeuren? Ik had m'n ma nog zo nodig, en zo oud was ze toch nog niet? Al die gedachten bleven door me heen gaan en ik kon niet rustig worden. 'k Heb als een klein kind bij m'n moeder gezeten en toen ze alles verteld had tegen mij, vroeg ze of ik haar bijbeltje even wilde halen. Dat lag in het kastje naast haar bed. Ik kon tegen de anderen op zaal niets zeggen. Ma bladerde wat in de Bijbel en las toen een stukje uit Psalm 119. Wat was ik jaloers op haar. Hoe was het mogelijk in zulke omstandigheden rustig te zijn?

Wat later heb ik haar teruggereden naar de zaal. Zelf heeft ze in korte bewoordingen verteld wat de dokter had gezegd. Ze waren er allemaal van onder de indruk en wisten ook niets te zeggen.

Ma vroeg nog of ik wel alleen naar huis kon rijden. Waar had ze erg in? Ik ben nog een tijdje gebleven. Heb zomaar naast haar gezeten, mijn hand in haar handen, zonder iets te zeggen. Ik kon het ook niet, want alles lag ondersteboven. Hoe moest ik het aan Steef vertellen? Hij was zo gek op haar.

Eindelijk ben ik naar huis gegaan. Ik heb heel voorzichtig gereden en ben eerst Steef op gaan halen. Hij was bij zijn beste vriend aan het spelen en daar was ik heel blij om. Toen hij me binnen zag komen, vroeg hij direct of oma al beter was. Prompt begon ik natuurlijk weer te huilen. Hij pakte m'n hand, keek me aan en zei toen: 'Dan gaat oma dood.' Daar schrok ik van, maar het verbaasde me ook dat hij het direct had begrepen.

De moeder van zijn vriendje was heel lief voor me. Ze liet me niet gaan voor ik koffie had gedronken en ze liet me ook praten. Spontaan bood ze aan om Steef hier te laten. Hij kon daar gerust blijven slapen, want hun huis was groot genoeg. Ik was haar dankbaar voor dat aanbod en zei dat ik daar ook zeker gebruik van zou maken als het nodig mocht zijn.

Joost schrok ook heel erg en wist niets te zeggen. Later op die avond zei hij te hopen dat ma niet te lang en te veel hoefde te lijden. Het kostte me moeite om hem iets te zeggen van wat ma mij had verteld. Hij reageerde zoals ik had verwacht, maar toch deed het me pijn. Hij zei ook tegen mij dat we niet te veel aan Steef moesten vertellen, omdat hij daar nog veel te jong voor was. Maar ik was van plan om de vragen van Steef zo eerlijk mogelijk te beantwoorden.

De eerste dagen was Steef opvallend stil. Totdat hij op een avond ineens zei dat hij blij was dat oma naar de hemel mocht. Op mijn vraag hoe hij dat wist, vertelde hij dat oma hem dat een keer had gezegd. Toch kon je merken dat hij nog een kind was. De ene keer was hij heel serieus met zijn oma bezig en het volgende moment was hij over school aan het vertellen. Wat heerlijk om kind te kunnen zijn!

Gisteren zei ma tegen mij dat ik vandaag thuis moest blijven, omdat ik het anders niet vol zou houden. Even sputterde ik tegen, maar ik wist dat ze gelijk had. Ik slaap erg slecht en ik heb de laatste dagen in huis weinig kunnen doen. Gelukkig heeft Joost er nog geen opmerking over gemaakt.

Vanmorgen heb ik een en ander kunnen doen, maar tegen elf uur ging de bel en stond mevrouw De Zwaal voor *de deur. Daar was ik zo blij om, want bij haar voel ik me altijd op m'n gemak. Ze vroeg hoe het met mij ging en of ze mij ergens mee kon helpen. Ik was al erg blij met haar bezoek en ik kon tegen haar vrijuit praten. Achteraf verbaasde ik me erover dat ik zoveel tegen haar durfde zeggen. Het was een heel fijn bezoek en ik ben er gewoon wat door opgeknapt.*

Nu kan Steef ieder ogenblik thuiskomen. Vanmiddag heeft hij vrij, dus ik ben benieuwd of hij zal vragen of er een vriendje mag komen spelen. Ik ben van plan om het toe te staan, want zo gezellig ben ik ook niet voor hem.

Nou, Antje, nu ben je op de hoogte hoe het hier is. 'k Zou je liever · wat anders willen vertellen, maar het is niet anders. Als ik jou niet had, zou ik het vast niet vol kunnen houden.

19

Hanneke legt het dagboek even op de grond en staart voor zich uit. Hoe is het mogelijk dat het al zo lang geleden is. Als ze het leest, voelt ze de pijn en het verdriet weer vanbinnen. Dan lijkt het alsof het gisteren is gebeurd. Zou dat nu echt komen omdat ze het altijd weggedrukt heeft? Ze weet van zichzelf dat ze verder moet lezen, want anders slaapt ze vannacht helemaal niet.

Ze gaat naar de keuken om wat drinken te halen en de rolluiken naar beneden te doen. Soms voelt ze zich de laatste tijd in twee werelden leven. Die van vroeger en die van nu. Wat een tegenstellingen. Het lijkt af en toe of ze het leven van een ander leest en ze verbaast zich erover dat ze tot nu toe mag zijn wie ze is.

Terug in de kamer zet ze een cd met instrumentale muziek op. Ze droomt wat weg tot ze van de telefoon schrikt. Ze pakt hem op en hoort aan de andere kant de stem van Steef.

'Hallo, mam. Ik wilde even zeggen dat we voor een paar weken weg zijn. We gaan naar Luxemburg.'

'Fijn dat je me dat laat weten. Gezellig, hoor. Verder alles goed?'

'Prima. Tot ziens.'

Ze krijgt geen kans om nog iets te zeggen, want de verbinding wordt verbroken. Ineens realiseert ze zich dat ze veel geluid hoorde. Ze begrijpt dat Steef ergens anders vandaan heeft gebeld. Waarschijnlijk omdat Willeke niet wilde hebben dat hij haar belt.

Na hun laatste gesprek heeft ze niets meer van hen gehoord. Het heeft haar pijn gedaan, maar aan de andere kant heeft ze er rust over gekregen. Ze weet dat ze een goed besluit heeft genomen.

Antje, ik ben vandaag weer bij m'n ma geweest. Sinds gistermiddag is ze thuis en daar was ze erg dankbaar voor. Ze ligt beneden in de kamer en ze heeft dag en nacht hulp. Ze hebben het bijzonder goed geregeld vanuit het ziekenhuis. Ook vanuit de kerkelijke gemeente hebben ze hulp aangeboden. Maar je begrijpt dat ik ook zo veel mogelijk bij ma wil zijn. Ik merk aan mezelf dat ik niet verder durf te denken. Ik wil haar zo graag bij me houden. Vanmorgen voelde ze zich aardig goed. Ze had weinig pijn, maar dat komt natuurlijk ook door de medicijnen.

'k Zal je eerst nog even vertellen dat Steef al een paar keer mee geweest is naar ma. Hij wilde per se naar oma en dat wilde ik hem niet weigeren. De eerste keer is Joost ook meegegaan. Ik vermoed dat hij er gewoon bij wilde zijn. Maar Steef begon onbevangen tegen ma te praten en haar ook vragen te stellen. Hij was helemaal opgelucht toen we naar huis gingen en in de auto zei hij tegen mij dat oma misschien toch beter werd, omdat de Heere alles kan. Dat beaamde ik natuurlijk, maar Joost zei dat hij daar niet op moest rekenen. Gelukkig kon ik me beheersen en ik ben er niet op in gegaan.

Met mevrouw De Zwaal heb ik afgesproken dat ik op tijd aan zal geven als het me te veel wordt. Zij wil me graag helpen en dat accepteer ik ook van haar.

Steef heeft gezegd dat hij het niet erg vindt als ik bij oma blijf, want dan mag hij bij zijn vriendje Jaap blijven slapen. Al met al toch een geruststellende gedachte.

Ik was dus vandaag bij ma. Een paar keer kwam er iemand uit de kerkelijke gemeente langs om te informeren hoe het was. Ook de huisarts kwam nog even. Ik merkte aan hem dat hij het ook heel erg vindt voor ma.

Toen we weer samen waren, begon ma tegen mij te praten. Voor de zoveelste keer verbaasde ik me erover dat onze verhouding zo goed geworden is. Ik kan me gewoon niet meer voorstellen dat er een periode was dat ze min of meer een vreemde voor me was. Toen ik daaraan dacht, vroeg ik opeens hoe het kwam dat ze veranderd was. Ze bleef me lange tijd aankijken en ik zag tranen in haar ogen. 'k Had alweer spijt van m'n vraag, maar ma begon te vertellen dat ze daar zelf ook al die jaren zo'n last van had gehad. Maar ze was min of meer geblokkeerd en durfde zich niet te veel aan mij te binden. Daar keek ik van op, en ik wist helemaal niet wat ik hoorde toen ze vertelde dat het kwam door haar opvoeding. Ze had een vreselijk harde, strenge moeder gehad die haar en haar broer weinig liefde had gegeven. Haar vader kon niet tegen haar op en zweeg altijd. Daardoor was mijn moeder ook zo geworden.

Ze vertelde verder dat ze zo gelukkig was geweest met pa. Nou, dat wist ik ook wel. Daar heb ik nooit aan getwijfeld. Ook vertelde ze dat ze zo jaloers was op zijn geloofsleven. Zelf voelde ze zich bijna altijd overal buiten staan. Ze voelde zich te slecht om een goede moeder te kunnen zijn. Ze heeft wat tegen die negatieve gevoelens gevochten, maar het had zo weinig resultaat. Ze vertelde ook dat ze last had van schuldgevoelens naar mij toe. Ze wilde zo graag een goede moeder zijn, maar ze wist gewoon niet hoe. Toen ik dat hoorde, zei ik dat ze niet verder hoefde te praten, want dat ik wel wist dat ze veel van me hield. Maar nee, ze ging verder en ik hoorde dat onder een preek die gelezen werd door een ouderling alles anders voor haar was geworden. Ze mocht die keer zo vast geloven dat het beter met haar zou gaan; dat God ook van haar leven alles wist. Ze had het tegen pa mogen zeggen en die was zo blij geweest voor haar. Maar ze durfde er niets van tegen mij te zeggen. Ik zei haar dat het niet erg was, want dat ik het wel gemerkt had en dat ik daar zo blij om was.

Wat was het goed om zo bij ma te zijn. Ik zou die tijd gewoon vast willen houden.

Ma was moe geworden van het praten en was in slaap gevallen. Ik was even op de bank gaan liggen en viel ook in slaap. Ik werd wakker van de verpleegkundige die terugkwam van de apotheek. Met z'n drieën hebben we thee gedronken en het was zelfs gezellig. Als ik naar ma keek, kon ik me gewoon niet voorstellen dat ze zo ernstig ziek was. Je kunt alleen goed zien dat ze veel afgevallen is. Maar haar ogen staan nog helder. Toen ik wegging, sloeg ze haar armen om mijn hals en fluisterde: 'Ben jij nog gelukkig?'

O Antje, wat schrok ik van die rechtstreekse vraag. Ik wilde haar niet voorliegen en heel voorzichtig zei ik dat ik me redelijk goed voelde. Ze nam mijn gezicht tussen haar handen en zei dat ze heel veel begreep. Dat ze hoopte dat ik m'n zorgen bij de Heere kon brengen, omdat Joost en ik toch bij elkaar gebracht waren. En we hadden een zoontje gekregen. Ik knikte, maar ik kon helemaal niets zeggen. Ma moest eens weten hoe ik me soms voelde! Ze liet me los en zei dat ik maar gauw met Steef moest komen. Dat beloofde ik haar, en toen ik dat tegen Steef zei wilde hij direct met mij terug naar oma. Dat ging natuurlijk niet en ik heb hem moeten beloven dat we morgen zullen gaan.

Joost kwam vrij opgewekt thuis. Hij vroeg hoe het met

ma was, maar ik merkte dat hij er met zijn gedachten niet echt bij was. En toen begon hij enthousiast te vertellen dat er die dag een nieuwe collega was begonnen. Hij was er helemaal weg van, want ze had milieukunde gestudeerd en nu ging ze zich verdiepen in natuurgeneeswijze. Ik begreep niet goed wat dat met elkaar te maken had, maar daar zal ik wel te dom voor zijn.

O ja, Joost heeft ook al een paar keer voorgesteld aan ma om naar een natuurarts te gaan. Die zou wellicht nog mogelijkheden zien. Vriendelijk doch beslist wees ma dat van de hand en ze zei dat ze geloofde in de kundigheid van de artsen en dat de Heere voor haar zou zorgen. Dat Hij de medicijnen moest zegenen. Ik merkte dat hij haar dat kwalijk nam, maar hij ging er gelukkig niet verder op door.

Ik ga nu stoppen, want het wordt tijd om naar bed te gaan. Joost is nog niet thuis, want hij had vanavond een bijeenkomst van zijn bedrijf. Een of andere voorlichting over nieuwe medicijnen. Hij vroeg nog of ik meeging, maar daar had ik helemaal geen behoefte aan. Ik kijk nog even bij Steef en dan ga ik naar bed.

*

Antje, ik zit al een tijd met jou voor me, maar ik kan niet schrijven. Ik moet telkens huilen. Ik heb zulke akelige dagen achter de rug. Elke dag ging ik naar ma en de eerste dagen thuis ging het aardig goed. Ze had weinig pijn en ze kon ook af en toe nog wat eten. Maar gistermiddag is het ineens slechter gegaan. Ze had veel pijn gekregen en ze moest telkens overgeven. Dan had ze het zo benauwd, dat ik het bijna niet aan kon zien. Wat was ik blij met de verpleegkundige die er dag en nacht is. Die heeft ook de dokter gebeld. Ma heeft zwaardere pijnstillers gekregen en de dokter zou met het ziekenhuis overleggen of er een pompje ingebracht kon worden om de medicijnen toe te dienen. Ma was te ziek om wat te zeggen en ik ging met een akelig gevoel naar huis. Ik was zo blij dat ik vorige week direct met Steef gegaan was. Toen was ze nog redelijk goed en ze heeft ook een hele tijd met Steef gepraat. Zijn reactie verbaasde me, want toen we naar huis reden, zei hij tegen mij dat we eigenlijk niet verdrietig hoefden te zijn omdat oma naar de Heere Jezus ging. Daar zou ze nooit meer ziek zijn. Ik wilde dat ik kind was, geloof je dat?

Joost heeft me op zijn manier al een paar keer terechtgewezen. Dat ik eens meer aan andere dingen moest denken, dat er nog meer is dan alleen een zieke moeder. Ik moest ook aan hem en Steef denken en vooral voor hen blijven zorgen. Over ma hoefde ik niet echt in te zitten, omdat ze weet dat ze een goede ruil zou doen. Een keer ben ik woedend geworden en heb naar hem geschreeuwd of hij helemaal geen gevoel had. Als antwoord sloeg hij een arm om me heen en zei dat ik maar wat moest gaan rusten, omdat ik helemaal overstuur was! Ik was met stomheid geslagen en voelde me van het ene op het andere moment ontzettend moe. Hij was weer een vreemde voor me en ik wist niet hoe ik het kon veranderen.

Vanmorgen was het iets beter met ma en ze zei tegen mij dat ik vanmiddag gerust naar huis kon gaan. Want ik moest niet vergeten dat Steef me ook nodig had. En het was toch woensdag? Hoe ze daar nog erg in had! Ik ben naar huis gegaan, maar toen Steef thuiskwam, was het eerste wat hij vroeg of hij naar Jaap mocht. Op mijn voorstel om Jaap te vragen hier te komen spelen, schudde hij zijn hoofd en hij zei dat hij liever naar Jaap ging, omdat hij het thuis niet zo leuk vond. Dat deed me pijn, maar ik moest toegeven dat hij gelijk had.

Na het eten heb ik hem bij Jaap gebracht en ik heb met zijn moeder afgesproken dat Steef vanavond bij hen mocht blijven eten.

Zodoende kon ik weer naar ma. Die was heel verbaasd toen ze me binnen zag komen, maar ik merkte ook dat ze blij was. Een hele tijd waren we samen en ma heeft me toen verteld dat ze alles voor de begrafenis al geregeld had. M'n keel werd dichtgeknepen toen ze dat vertelde en ik zei dat ik hoopte dat het nog een tijd zou duren. Ze schudde toen haar hoofd en vertelde dat ze geloofde dat het niet lang meer zou duren. Dat had de Heere haar beloofd. En nu moet je niet denken, Antje, dat ma niet meer van ons houdt, hoor. Dat is het gewoon niet, maar je merkt dat ze van alles losgemaakt wordt. En alles in mij verzet zich daartegen, want ik wil haar niet missen!

Aan het eind van de middag belde Joost. Hij had me thuis gebeld, maar toen hij geen gehoor kreeg, begreep hij dat ik bij ma was. Hij zei dat hij langer moest werken en dat hij vanavond eerst even bij ma langs zou komen. Ik was nu dubbel blij dat ik bij ma was, want als ik al die tijd alleen thuis had moeten zijn, had ik het niet uitgehouden.

Vanavond om acht uur kwam Joost. Ik merkte aan hem dat hij zich niet op zijn gemak voelde. Even praatte hij met ma en toen zei hij dat hij vast naar huis zou gaan en ook Steef op zou halen.

Ik ben pas om tien uur naar huis gegaan, omdat ik vond dat ma er anders uit ging zien. Maar volgens de verpleegkundige kon ik gerust naar huis gaan en ze beloofde me direct te zullen bellen als er iets zou veranderen.

Toen ik thuiskwam, was Joost in de schuur bezig en hij zei dat Steef al sliep. Met geen woord had hij het over ma en ik had er geen zin in om er zelf over te beginnen. Het was al halftwaalf geweest toen Joost binnenkwam. Toen zei hij dat ma hem niet was tegengevallen. Hij vond dat ze er nog aardig goed uitzag. En hij vroeg zich af of het wel nodig was om er elke dag heen te gaan. Het zou best nog *weken kunnen duren en dat zou ik nooit volhouden. 'k Heb alleen gezegd dat ik niet geloofde dat het nog weken zou duren en dat ik ma elke dag even wilde zien. Hij reageerde door te zeggen dat ik Steef niet moest verwaarlozen. Het was voor hem toch al zwaar genoeg om mee te moeten maken dat zijn oma zou sterven.*

Je begrijpt dat ik in deze omstandigheden graag naar mevrouw De Zwaal zou gaan, maar die is op vakantie. Ik mis haar nu dubbel, maar dat durf ik niet tegen Joost te zeggen, want die begrijpt zulke voor hem overdreven gevoelens niet. Ik hoop en bid dat ik het vol mag houden.

*

Ik heb je zoveel te vertellen, maar ik weet niet goed waar ik moet beginnen.

O Antje, nu heb ik ook geen moeder meer… Hoe moet ik zo'n verlies nu onder woorden brengen? Het voelt alsof je van je wortels afgesneden bent. Geen vader en geen moeder meer, dus eigenlijk ben ik nu wees! Het is voor mij een onverdraaglijke gedachte en het lijkt of het nog niet goed tot me doordringt. Ik ben toch nog veel te jong om alleen verder te moeten gaan? Ik weet wel dat ik niet alleen ben, want ik heb Joost en Steef nog waar ik voor mag zorgen. Maar de band met mijn ouders is doorgesneden en als ik aan morgen denk, blokkeer ik gewoon. Dan zie ik een groot, zwart gat. Maar het is echt waar… morgen wordt ze begraven!

Ik heb al een paar uur op bed gelegen, maar ik kan gewoon niet slapen. Alles ligt ondersteboven en ik ben bang, heel erg bang.

'k Zou moeten bidden, maar het gaat gewoon niet. De woorden willen niet komen en ik merk dat ik nog steeds opstandig ben. Ik durf zelfs tegen jou niet te zeggen welke

gedachten er soms door me heen gaan. Dan schrik ik van mezelf en word ik nog banger. Dat ik zo slecht was, heb ik nooit kunnen denken! Misschien is dat wel een teken dat God niet naar me wil luisteren, omdat ik niet onderworpen ben. Wat is het toch moeilijk, ja, zelfs onmogelijk om te geloven dat God het nooit verkeerd doet.

Ik weet gewoon niet waar ik moet beginnen om het jou allemaal te vertellen. 'k Heb me al een paar keer echt rade- loos gevoeld. Helemaal alleen en onbegrepen. De laatste dagen waren heel ingrijpend, maar aan de andere kant waren het ook goede dagen. Dat klinkt je misschien vreemd in de oren, maar zo was het wel. Ik zou niet eerlijk zijn als ik het zou ontkennen.

Over Steef hoefde ik me geen zorgen te maken, want die mocht bij zijn vriendje blijven. Daar was ik zo ontzettend blij om en ik ben zelfs tegen Joost in gegaan, want die vond het zwaar overdreven. Ik moest er voor hem zijn en mijn ma had immers dag en nacht hulp! 'k Heb niet naar hem geluisterd en heb de stem van mijn hart gevolgd. En daar heb ik geen moment spijt van gehad.

De laatste dag dat ma leefde, vond ik haar beter dan de vorige dagen. Ze was helder en praatte af en toe met mij. 's Middags kwam de dominee. Die had ik nog niet eerder bij ma ontmoet, want die was er telkens als ik naar huis was. Ik was er blij om en het was een goed bezoek voor ma. Maar Antje, wat voelde ik me overal buiten staan, want die twee verstonden elkaar zo goed. De dominee probeerde met mij ook nog een gesprek op gang te brengen, maar ik zat gewoon helemaal dicht. Ik kon amper een woord uit- brengen. Ik denk dat hij het begreep, want hij bleef vrien- delijk voor mij. Toen hij wegging, zei m'n ma tegen hem: 'Tot weerziens.' Ik ben toen huilend naar de keuken gelopen en het duurde even voor ik weer terug kon.

Ma was heel rustig, maar tegen de avond vroeg ze uit

zichzelf aan mij of ik wilde blijven. Dat was natuurlijk geen probleem en ik heb direct Joost gebeld. Hij vond het maar niets, maar beloofde wel nog even langs te komen. En dat deed hij en ma heeft toen heel open met hem gepraat. Ik hield me op de achtergrond, maar ik merkte daarna aan Joost dat het hem veel deed.

Ik hoopte zo dat hij ook zou blijven, maar tegen middernacht zei hij naar huis te gaan. Als het erger werd met ma, moest ik hem maar bellen. Ik schrok van mijn kalmte, maar toen ik hem nakeek huilde ik heel erg.

'k Zal je niet alle details vertellen, Antje, maar die nacht overleed mijn ma heel kalm en rustig. Ik was bij haar blijven zitten en ook de verpleegkundige bleef in de kamer. Terwijl ik dacht dat ma sliep, deed ze ineens haar ogen open, glimlachte even tegen me en fluisterde: 'Dag m'n lieve dochter.' Ik stond op om haar te zeggen dat ik ook zoveel van haar hield, maar ik hoorde nog een zucht en m'n ma was er niet meer...

Antje, de laatste zin heb ik een uur geleden geschreven. Ik kan gewoon niet meer. Als ik weer in staat ben, vertel ik je verder. 'k Ga proberen wat te slapen.

20

Hanneke moet zich even losmaken van het verleden. Tot nu toe heeft ze niets gelezen waarvan ze moest zeggen dat ze het vergeten was. Ze veegt langs haar ogen, want die prikken van vermoeidheid.

Zodra ze opstaat, staat Joris naast haar. Ze aait hem over zijn kop en zegt: 'Ja hoor, we gaan zo naar buiten. 'k Zou jou helemaal vergeten. Maar ik wil eerst even wat drinken.'

Het valt haar op hoe stil het in huis is. Alleen het tikken van de klok is te horen. De cd is al lang klaar met spelen en ze heeft er niets van gemerkt. Dan heeft ze wel heel intens gelezen!

In de keuken maakt ze een mok oploskoffie klaar, ze pakt een paar speculaasjes en loopt terug naar de kamer.

Joris legt een poot op haar schoot en kijkt haar zo smekend aan dat ze in de lach schiet en hem een speculaasje geeft.

Ze merkt dat haar gedachten in het verleden blijven hangen. Haarscherp ziet ze Joost weer voor zich. Ze kreunt en blijft een poosje met haar hoofd in haar handen zitten. Hoe komt het toch dat ze die pijn nog steeds zo diep voelt? Is haar liefde voor hem dan nooit echt overgegaan?

Abrupt staat ze op, ze pakt haar jack en de riem van Joris en gaat naar buiten. Nu even wat anders, want ze wil niet graag weer de hele nacht wakker liggen. Ze weet dat het dagboek nu bijna uit is en ze heeft zich voorgenomen om het dan te verbranden of te verscheuren. Ze hoopt daarmee het verleden achter zich te kunnen laten.

Het is al schemerig, maar dat deert haar niet. Ze loopt nu een heel andere route dan anders. Onwillekeurig gaan haar gedachten naar Natasja. Zou ze nog komen voor ze op vakantie gaan? Misschien heeft ze het wel zo druk dat ze er helemaal niet aan denkt.

Op de terugweg loopt ze door de straat waar Natasja woont. Het is ondertussen bijna donker geworden. Tot haar verbazing ziet ze in het huis overal licht branden. Joris begint aan de riem te trekken en ze heeft moeite om hem bij te houden. Even blijft ze stilstaan. Zou ze aanbellen of doorlopen?

Ze kijkt omhoog, want ze hoort tegen een raam tikken. Dan ziet ze Natasja voor het slaapkamerraam staan. Ze heeft Snoetje op haar arm. Ze zegt wat tegen Hanneke, maar die kan haar niet verstaan. Dan ziet ze dat Natasja zegt: 'Kom.'

Hanneke loopt naar de voordeur en wacht. Het duurt niet lang of die gaat open en Natasja staat met Snoetje in de deuropening. Joris geeft een ruk aan de riem, want hij wil achter Snoetje aan. Die neemt een sprong en rent met opgeheven staart naar binnen.

'Ben je alleen?' vraagt Hanneke.

De lippen van het meisje trillen en ze knikt slechts.

'Al lang?'

'Ja, papa en mama moesten vanavond ineens weg. Ik mocht niet naar jou, maar moest met Snoetje hier blijven en ik mocht ook de deur niet opendoen. Maar ik was heel bang. En toen heb ik gebeden en ik heb aan jouw God gevraagd of ik u nog even mocht zien. En nu bent u hier!' Een blijde lach komt op haar gezicht. 'Kwam u naar mij?'

Hanneke schudt haar hoofd en ze vertelt dat ze met Joris ging lopen en dat ze op de terugweg hier langskwam.

Ernstig kijkt het meisje haar aan. 'Toch heeft God naar mij geluisterd! Goed hè?'

'Fijn hoor. Maar je moet nu naar bed gaan, want papa en mama zullen bijna thuis zijn. Doe je het?'

Het liefst zou Hanneke naar binnen zijn gegaan om Natasja even lekker in te stoppen.

Natasja doet een paar stappen naar buiten, slaat haar armen om Hannekes hals heen en geeft haar een kus. 'Ik ben niet meer bang, hoor. Ik ga nu slapen, maar eerst ook nog bidden. Ik moet nu ook dank u wel tegen uw God zeggen.'

Hanneke heeft een brok in haar keel en streelt het meisje even over haar hoofd.

'Kom je nog afscheid van me nemen voor jullie weggaan?'

'Tuurlijk.'

'Welterusten.'

Hanneke wacht tot Natasja de deur dichtgedaan heeft en loopt dan langzaam verder.

Joris heeft niet zo veel zin om mee te gaan. Hij blijft telkens stilstaan en kijkt dan achterom.

'Jij begrijpt ook meer dan wij denken. Kom, we gaan echt naar huis, want het is best laat.'

Ze loopt naar boven om haar pyjama aan te trekken.

Daarna gaat ze weer terug naar beneden, ze schenkt wat sap voor zichzelf in, knipt het grote licht in de kamer uit en gaat in de grote leunstoel bij de kachel zitten. De schemerlamp verspreidt een zacht licht. Even tilt Joris zijn hoofd op en kijkt haar aan alsof hij zeggen wil: 'Je zit verkeerd', maar hij gaat dan weer rustig liggen.

Hanneke staat in tweestrijd. Zal ze nu doorzetten en het dagboek uitlezen, of gewoon naar bed gaan? Ze besluit tot het eerste, want ze weet van zichzelf dat ze nu toch niet kan slapen. Het beste kan ze even door-bijten. Daarna kan ze definitief afscheid nemen van haar dagboek en hopelijk ook van het verleden.

Ze buigt de schemerlamp wat meer naar zich toe, zodat ze het beter kan lezen. Misschien toch verstandig om binnenkort eens langs de opticien te gaan om haar ogen op te laten meten en dan ook meteen te vragen of ze een leesgedeelte nodig heeft.

Ik zou me moeten schamen, want je zou bijna gaan denken dat ik je niet meer nodig had. Wat is het weer lang geleden dat ik je wat vertelde.

Ik zie dat ik je voor het laatst schreef toen mijn ma over-leden was. En daarna zijn er verschillende jaren voorbijge-gaan. Je snapt niet hoe snel de tijd gaat.

De eerste jaren daarna heb ik niet kunnen schrijven. Ik heb een paar verschrikkelijke jaren voor mezelf meege-maakt. Niet lang na het overlijden van mijn ma kreeg ik weer last van hevige angstaanvallen. Die kwamen meestal 's nachts, maar ook weleens overdag. In het begin was Joost heel lief voor me, maar toen het bleef duren, vond hij dat ik me er meer tegen moest verzetten. Maar ik had er geen grip op, want het overkwam me gewoon. Na zo'n angst-aanval was ik een paar dagen uitgeput. Uiteindelijk ben ik naar de huisarts gegaan en heb ik het hem verteld. Hij zei tegen mij dat ik de laatste jaren veel te veel had meegemaakt en dat dit de reactie was. Ik kreeg kalmerende medicijnen en moest om de paar maanden bij hem terugkomen.

De aanvallen werden na verloop van tijd minder, maar ik bleef er zwak door. Al die tijd is mevrouw De Zwaal mij op blijven zoeken. Ik was zo ontzettend blij met haar aandacht en ik geloof vast dat zij me ook geholpen heeft om door deze periode heen te komen. Aan de andere kant mocht ik ervaren dat God mij vasthield. Dat gaf me soms zo'n rust. Dat kon ik wel aan haar vertellen, maar als ik daar weleens over begon tegen Joost, haalde hij zijn schouders op en zei telkens weer dat het bij mij bestaansangst was. Ik durfde niet te leven zoals het behoorde. Ik liet het maar zo, met als gevolg dat ik nog meer in mezelf gekeerd raakte.

Ik voelde me erg eenzaam en had ik zo'n heimwee naar m'n vader en moeder! Mijn opstandigheid heb ik ook aan mevrouw De Zwaal kunnen vertellen. Het ging ineens en ze liet me helemaal uitpraten. Daarna vertelde ze iets uit haar eigen leven en voor ze wegging heeft ze met mij gebeden. Dat was zo bijzonder, dat kan ik eigenlijk niet onder woorden brengen. Maar ik ben veel van haar gaan houden. Vooral dat ze mij zo trouw bleef, heb ik als een geschenk van God mogen ervaren.

Eén bezoek vergeet ik nooit meer. Ik heb je weleens verteld over Arianne, die hier een tijdje gewoond heeft. Haar had ik ook een overlijdenskaart gestuurd van mijn moeder en wat denk je? Ze was samen met haar man op de begrafenis! Dat heeft me ontzettend goed gedaan. Enige tijd daarna kreeg ik een lange brief van haar waarin ze schreef dat ze met haar man mee ging naar Engeland. Hij moest daar voor zijn werk een project gaan begeleiden en dat kon uitlopen tot meer dan een jaar. Daarom had ze besloten om met hem mee te gaan. Ik gunde het haar van harte en ik beloofde haar te zullen schrijven. Erg veel is er niet van terecht gekomen. Ik geloof dat ik haar twee keer heb geschreven. Ik was er gewoon niet toe in staat. Na twee jaar kreeg ik bericht dat ze voor een paar jaar naar Amerika gingen. En toen heb ik haar toch wat uit het oog verloren.

Veel vrienden of kennissen hebben we nooit gekregen. Soms nodigde Joost iemand uit die hij interessant vond en dan verbaasde ik me erover hoe onderhoudend hij kon zijn, hoewel het altijd over het milieu ging.

Hij is de afgelopen jaren verschillende keren van werk veranderd. Als hij erachter kwam dat zijn ideeën niet overgenomen werden, was het voor hem een teken dat hij ander werk moest zoeken. In het begin werd ik er heel nerveus van, maar na verloop van tijd sloot ik me daarvoor af. Het verbaasde mij steeds dat hij zo snel ander werk had. Waar hij nu werkt, heeft hij het erg goed naar zijn zin. Er wordt naar hem geluisterd en hij heeft een eigen afdeling waar hij aan zijn ideeën mag werken. Ik ben er alleen nog steeds niet achter hoe het daar in elkaar zit.

Hij vertelde me vorige week dat hij bezig was met een voorlichtingsboekje over het nut van natuurgeneeswijzen. Ik kreeg een hele uiteenzetting over de voordelen daarvan en dat wij als christenen eigenlijk de morele plicht hebben om dat te bevorderen. 'k Heb geen zin om je daar nog meer over te vertellen, want daar worden we niet wijzer van. Wel vertel ik nog even dat hij er iemand bij gekregen heeft op de afdeling, een soort secretaresse. En ze kunnen heel goed met elkaar samenwerken, dus daar ben ik blij om voor Joost.

Terwijl ik je dit nu allemaal zit te schrijven, komen er steeds meer herinneringen bovendrijven. Eén ding moet ik je nog vertellen. Je weet dat we elk jaar op vakantie gaan naar het buitenland. Na het overlijden van m'n moeder zijn we een paar jaar niet geweest. Ik was er gewoon niet toe in staat. De laatste twee jaren zijn we naar Duitsland geweest en dat is ons goed bevallen. Ik ben er intussen al aan gewend dat ik het grootste gedeelte van de vakanties alleen ben. Nu Steef wat ouder is, gaat Joost graag met hem op stap. Ik vind het niet erg, want ik geniet van de omgeving en van de boeken die ik meeneem. En als ik merk dat de mannen het naar hun zin hebben, ben ik blij.

Maar goed, de laatste keer dat we gingen had ik thuis een luchtverfrisser in de kamer gezet. Eentje op natuurlijke basis. Want ik vond het de laatste tijd soms opvallend muf ruiken in huis. Een paar keer heb ik het tegen Joost gezegd en die heeft toen onder de vloeren gekeken, maar hij kon niets vinden. Hij zei dat oude huizen altijd een aparte lucht hebben. Maar ik vond het niet fijn en daarom dacht ik er goed aan te doen om maatregelen te nemen.

We kwamen thuis en wat denk je? Terwijl ik dit opschrijf, lijkt het net of ik over iemand anders praat. Joost was als eerste binnen. Hij kwam nogal opgewonden naar buiten en zei dat ik mee moest komen. Ik begreep er niets van, totdat ik in de kamer kwam. Het was een heerlijke, frisse lucht die me tegemoet kwam. Maar dat vond Joost niet. Hij beval mij (zo zei hij het echt, hoor) dat ik dat goedje direct moest verwijderen, want hij had nog niet ontdekt waar ik het neergezet had. En dat ik zoiets nooit meer uit moest halen, want daarmee werd hij in zijn primaire levensbehoeften getroffen. Natuurlijk schoot ik in de lach, maar toen schrok ik echt van zijn reactie. Ik moest me schamen om hem niet serieus te nemen. Mocht ik het nog een keer in m'n hoofd halen, dan zou hij zeer drastische maatregelen nemen. Antje, ik werd op dat moment echt een beetje bang van hem en zonder nog iets erover te zeggen, heb ik het weggehaald en in de vuilemmer gegooid. Ik was

vanbinnen helemaal van streek en ik begreep er ook hele-
maal niets van.

    Het heeft een paar dagen geduurd voor hij weer normaal
deed tegen mij. Gelukkig heeft Steef daar niets van meege-
kregen, want die was direct naar zijn vriend Jaap gegaan.
Wat was ik daar blij om. Ik heb me die nacht in slaap
gehuild. Weer voelde ik me afgekeurd.

    Ik heb er vaak en lang over nagedacht, maar ik kom er
gewoon niet uit.

    Nu stop ik even, want het wordt me te veel. Zodra ik
weer kan, hoor je van me.

*

Hier ben ik dus weer. Ik ga je eerst wat over Steef vertel-
len. Hij is nu een echte puber. Hij zit op het voortgezet
onderwijs. Erg veel zin in leren heeft hij niet, maar we
hebben hem ervan kunnen overtuigen dat het belangrijk is
om een diploma te hebben. Hij zit nu in de derde klas van
de havo, dus reken maar uit hoelang het geleden is dat je
wat van me hoorde.

    Steef is zonder problemen opgegroeid en ook Joost is niet
veranderd. Ik denk dat ik wel veranderd ben. Hoe moet ik
je dat nu uitleggen? Soms denk ik door de loop der jaren
sterker geworden te zijn, maar dan denk ik weer emotioneel
zo beschadigd te zijn dat ik uit zelfbehoud meer mijn eigen
leven ben gaan leiden. Ik heb wanhopige pogingen gedaan
om van Joost te blijven houden, zeker ook voor onze Steef.
Ik wilde absoluut niet dat hij ook maar iets zou merken. Af
en toe maakte hij een opmerking waardoor ik me afvroeg of
hij er toch iets van meekreeg. Het viel me steeds weer op dat
hij zo graag naar vrienden ging. Dan kwam hij met
enthousiaste verhalen thuis. Soms vroeg Joost of hij met
hem mee ging. Een enkele keer deed Steef dat, maar meest-

al vroeg hij of zijn vriend Jaap ook mee mocht. En daar had Joost helemaal geen zin in, want hij wilde Steef zo graag om zich heen hebben. Ik had weleens medelijden met hem, want op zijn manier deed hij zijn best om Steef aandacht te geven. Het is helemaal moeilijk te verteren voor Joost dat Steef zo weinig belangstelling heeft voor alles wat met tuinieren en dergelijke te maken heeft. Hij is een echte techneut en hij wil niets liever dan automonteur worden. En dat is nog steeds een doorn in het oog van Joost. Auto's zijn milieuvervuilers en een noodzakelijk kwaad. Het gevolg is dat Steef weinig aan zijn vader vertelt en dat vind ik dan weer sneu voor Joost.

Gelukkig is de verhouding tussen Steef en mij altijd goed. Hij is erg open en doet me vaak aan mijn vader denken. Steef draagt het hart op de tong en dat brengt hem nogal eens in de problemen. Ik ben zo dankbaar dat hij bijna nooit ziek is geweest. Het laatste jaar is hij enorm gegroeid. Hij is bijna net zo lang als Joost.

Ik heb ook nog steeds een hechte vriendschap met mevrouw De Zwaal. Soms ga ik naar haar toe, maar meestal komt zij bij mij even langs. Dat vind ik ook prettiger, omdat ik haar dan alleen heb. Als ik bij haar kom, zijn er altijd wel kinderen thuis, want ze hebben inmiddels twaalf kinderen. De oudsten zijn al getrouwd en ze is ook al oma.

Zelf ben ik al die jaren nooit meer zwanger geweest. Ik heb Joost in het verleden een paar keer voorgesteld om naar de dokter te gaan, maar daar wilde hij niets van horen. Hij was ervan overtuigd gezond te zijn en we moesten niet ingrijpen in de natuur. Hij vond het prima dat we alleen Steef hadden. Ik heb het daar erg moeilijk mee gehad en ik moet je eerlijk vertellen dat ik toch een keer bij de dokter geweest ben en het daar met hem over gehad heb. Hij toonde begrip en heeft mij onderzocht. Hij kon niets vinden, maar stelde voor om naar een gynaecoloog te gaan. Maar *dat durfde ik niet en ik vond het ook niet eerlijk tegenover Joost.*

Als ik nu terugdenk, ben ik soms blij (en dat moet je niet verkeerd uitleggen) dat we alleen Steef hebben. Wellicht zou ik een groter gezin niet aangekund hebben.

21

Ik merk dat ik alleen schrijf als er belangrijke dingen zijn gebeurd. De laatste keer dat ik je schreef, was ik van plan om het vaker te doen, maar daar kwam gewoon niets van. En dat kwam echt niet doordat ik het zo druk had. Maar als de ene week in de andere overgaat, zonder dat er opzienbarende dingen gebeuren, dan heb ik niet zoveel behoefte om je te schrijven.

Maar nu kan ik je echt iets fijns vertellen. Steef is geslaagd voor zijn havo-examen. We zijn heel blij. Hij heeft niet echt hoge cijfers, maar ook geen enkele onvoldoende. En dat heeft me verbaasd, want het laatste jaar was gewoon een rampjaar. Ik heb hem vaak moeten overhoren, want hij zag het gewoon niet zitten. En dat had hij aan zichzelf te wijten, want veel inzet heeft hij nooit gehad. Maar nu is het in ieder geval gelukt! Ook Joost was blij en het verbaasde me dat hij direct 'ja' zei toen Steef vroeg of hij een feestje thuis mocht geven voor zijn klasgenoten. Dat had ik nooit verwacht.

Ik vond het heerlijk en ik heb genoten van alle voorbereidingen. Samen met Steef heb ik heerlijke taarten gebakken en hapjes gemaakt en het was een heel geslaagde avond. Joost was in een goed humeur en hij is er de hele avond bij geweest. Ik merkte aan Steef dat hij het ook heel fijn vond. Verschillende van zijn klasgenoten vonden dat wij hier zo heerlijk woonden en dat was voor Joost een aanleiding om erover door te praten.

Steef heeft een vakantiebaantje gevonden. Hij mag bij een garagebedrijf komen werken. Dat vond Joost nu niet zo fijn, maar gelukkig heeft hij er weinig van gezegd. Je zou Steef eens moeten zien! Hij geniet met volle teugen en komt elke dag met enthousiaste verhalen thuis. Hij ziet er vaak niet uit, maar dat vind ik niet erg. Ik vind het heerlijk voor hem. Wat wel jammer is, is dat we nu niet met vakantie kunnen. Joost heeft gevraagd of we samen gaan, maar ik wil Steef niet graag twee weken alleen laten. Hij vond dat niet erg, want dan zou hij naar zijn vriend Jaap gaan, maar dat wil ik niet. Joost heeft zich erbij neergelegd en zei dat het voor zijn werk ook wel beter uitkwam. Het schijnt nogal druk te zijn. Hij moet de laatste tijd best veel over-werken. Ik heb hem al eens gezegd dat ik het vreemd vind dat hij overuren niet uitbetaald krijgt. Maar dat is volgens hem heel normaal bij het werk wat hij doet.

Weet je, Antje, de laatste tijd heb ik zin om ook weer wat werk te gaan doen, al is het maar eenvoudig werk. Maar ik hoef er niet over te beginnen, want daar wil Joost dus echt niets van weten. Hij is daar nog steeds helemaal op tegen.

Hij vindt het wel goed als ik weer wat vrijwilligerswerk ga doen. Dus ik heb bij mevrouw De Zwaal geïnformeerd wat de mogelijkheden zijn. Zij zou me op korte termijn bel-len of langskomen.

De laatste tijd heeft Joost wat meer aandacht voor me en daar ben ik zo blij om. Als hij me maar serieus neemt, dan zou ik al tevreden zijn.

Ik stop, want ik hoor de bel gaan. Tot gauw.

*

Ik zie dat ik de vorige keer stopte met 'tot gauw'. Helaas heeft het veel langer geduurd en dat heeft een reden. Een paar keer heb ik op het punt gestaan het jou te vertellen, maar het ging gewoon niet, omdat ik dan weer een huilbui kreeg. Heel m'n leven ligt namelijk aan diggelen. Wat een raar woord, realiseer ik me nu. Maar het is echt zo: allemaal scherven en het is niet te lijmen.

O Antje, het is allemaal zo onwerkelijk, ik kan het nog steeds niet bevatten.

Ik vertelde je de laatste keer dat Joost wat meer aandacht voor me had en dat ik daar zo blij om was. Achteraf had dat een reden, en wat voor reden!

Vorige maand kwam hij op een avond laat thuis. Hij had weer eens over moeten werken en Steef was een paar dagen met Jaap en zijn ouders mee naar Friesland. Zij hebben daar een vakantiehuisje en omdat het herfstvakantie was, mocht Steef mee. Ik gunde hem dat van harte. Maar dit terzijde.

Joost kwam dus thuis en ik zag direct aan zijn gezicht dat er iets was. Hij had weer zo'n vreemde blik in zijn ogen. Hij ging tegenover me zitten en zei dat hij met me wilde praten. Zonder mijn antwoord af te wachten, begon hij te zeggen dat hij al een paar jaar geleden erachter gekomen was dat hij niets bij mij bereikte. Ik wilde hem vragen wat hij bedoelde, maar hij snoerde m'n mond door verder te gaan en uit te leggen wat hij bedoelde. Het kwam hierop neer dat hij al die jaren veel energie had gestoken in mij en steeds weer de hoop had gekoesterd dat ik naast hem zou komen te staan en dat wij samen een voorbeeld zouden zijn voor de omgeving. Dat wij konden laten zien hoe we behoorden te leven. Maar dat was hem helaas niet gelukt. Mijn ogen waren nog steeds niet opengegaan om de huidi-

ge samenleving te doorzien, zodat hij gedwongen was om alleen verder te gaan. Ook in Steef was hij teleurgesteld, omdat ook hij niet in de voetsporen van zijn vader wilde treden. En daarom was hij tot de conclusie gekomen dat het beter was om te scheiden!

Antje, ik was met stomheid geslagen en wist geen woord uit te brengen. Ik dacht dat het een bevlieging was van hem, maar het bleek dat hij alles al tot in detail uitgewerkt had.

Ik denk dat er toen iets knapte in mij, want ik werd razend en heb hem van alles voor de voeten gegooid. Maar het was net als de vorige keren: hij hoorde mij rustig aan en toen ik uitgeraasd was, zei hij m'n reactie te begrijpen, omdat het allemaal zo onverwacht was. Hij had die periode al gehad en hij had er ook rust over gekregen. Dat vertelde hij allemaal zo emotieloos. 'k Heb toen een erge huilbui gekregen en heb hem ook gevraagd of het hem dan helemaal niets meer deed dat we op onze huwelijksdag voor in de kerk gestaan hadden en elkaar trouw hadden beloofd. En dat we volgend jaar vijfentwintig jaar getrouwd zouden zijn. Zijn reactie verwarde me nog meer. Hij zei dat hij lang genoeg zichzelf opgeofferd had en dat er nu een nieuwe periode voor hem lag. Dat hij genoeg had van het godsdienstige gebabbel van mij, omdat hij daar niet verder mee kwam.

En toen kwam het. Hij was erachter gekomen dat zijn secretaresse dezelfde interesses had als hij en dat ze elkaar heel goed begrepen. Hij zag het als een zegen zo iemand in zijn directe omgeving gekregen te hebben. 'k Vroeg hem of hij dan een verhouding met haar had, maar dat was volgens hem helemaal niet aan de orde. Ze wilden zich alleen samen inzetten voor het welzijn van de medemens. Antje, ik begreep er helemaal niets meer van.

Joost zei tegen mij dat hij het zelf aan Steef zou vertel-

len. Ik hoorde het gelaten aan en voelde me kapot. Hij vroeg zelfs aan mij of hij bij me moest blijven! 't Is toch niet te geloven? Ik hoorde mezelf zeggen dat ik heus wel in staat was om alleen te zijn. Hij lachte minzaam en zei het te hopen...

Toen ging hij weg. Echt waar, en ik bleef als versteend zitten. Het leek of alle gevoel uit me was verdwenen. Af en toe kneep ik in m'n arm om te zien of het wel echt waar was. M'n hoofd was leeg, m'n benen leken van elastiek, ik had het heel erg koud en kreeg erge hoofdpijn. Zo heb ik de halve nacht gezeten. Toen ben ik met kleren aan op bed gaan liggen en tot m'n verbazing ben ik vrijwel direct in een diepe slaap gevallen. Het leek alsof ik bewusteloos was geweest, want toen ik wakker werd, zag ik dat het al tien uur was geweest. Alles deed me pijn en ik voelde me ziek. Als een wezenloze liep ik door het huis, totdat de bel ging en mevrouw De Zwaal voor de deur stond. Ze kwam direct naar binnen, sloeg haar arm om me heen en drukte me even tegen zich aan. Ik huilde en trilde van top tot teen. Ze vroeg niets, maar ging met me mee naar de kamer en liet me op de bank zitten. Daarna ging ze koffie voor ons zetten. En ik maar huilen... Ik kon niet ophouden.

Eindelijk was ik in staat om haar met tussenpozen te vertellen wat er was gebeurd. Er stonden tranen in haar ogen en ze schudde steeds haar hoofd.

Het duurde lang voor ze wat kon zeggen. Haar antwoord had ik totaal niet verwacht. Ze zei dat ze eerlijk wilde zijn tegen mij. Dat deze beslissing van Joost onvermijdelijk was, dat haar man en zij het al eerder hadden verwacht. Ze vertelde toen dat Joost verschillende keren bij haar man was geweest om over de preken te praten die haar man in de kerk las. Dat Joost daar meestal zoveel moeite mee had, omdat het helemaal niet actueel was. Hij adviseerde haar man om wat meer preken te lezen waarin gewezen werd op een sobere levensstijl. Haar man had geprobeerd om in gesprek te blijven met hem, maar dat lukte niet. Joost was ervan overtuigd dat hij het goed zag.

Ik hoorde het met ongeloof aan, maar ik begon helemaal aan mezelf te twijfelen. Was ik dan al die jaren zo blind geweest? Ik had wanhopig geprobeerd om van hem te blijven houden. En die momenten dat het goed ging, waren er toch tot voor kort geweest. Ook wat Steef betreft. Hoe kon hij ons dan zoiets aandoen?

Ineens begon ik te praten. Waar de woorden vandaan kwamen wist ik niet, maar het moest gewoon. En al die tijd luisterde mevrouw De Zwaal. Niet één keer onderbrak ze mij. Toen ik zweeg, was ik uitgeput. Ze bood me aan mee naar haar thuis te gaan, maar dat wilde ik niet. Ik wilde hier blijven, want stel je voor dat Steef eerder thuiskwam. Dan moest ik hem toch op kunnen vangen?

Ze drukte me op het hart te bellen als het niet ging. Dat beloofde ik en het was al laat toen ze wegging. Ik voelde me toch wat beter en toen Joost aan het eind van de middag nog even kwam, was ik rustiger dan de vorige dag. Hij had papieren bij zich, die ik maar eens op m'n gemak door moest lezen.

Hij zei ook dat ik nog gerust hier een tijdje kon blijven wonen. Ik reageerde koel en zei dat ik daar geen behoefte aan had en dat het beter was om dit huis zo snel mogelijk te verkopen. Hij beloofde dat te zullen regelen en vroeg nog wanneer Steef thuis zou komen.

Antje, het leek net of ik een ander bezig zag en hoorde praten. Ik was het niet echt, maar het gaf me op een of andere manier toch een goed gevoel.

Joost zei dat hij wat spullen boven wilde halen en ik knikte alleen. Ik ben naar de schuur gegaan en heb gewacht tot hij weg was. Ik kon dat niet aanzien.

De volgende dag kwam Steef thuis. Ik was erg zenuwachtig en verwachtte ook ieder moment Joost. Maar het liep weer heel anders dan ik me voorgesteld had.

Steef kwam bijna binnenrennen en vloog me om m'n nek. Hij zei niets, helemaal niets. Zo hebben we een poosje gestaan. Toen liet hij me los en keek me met zijn donkere ogen aan. Het duurde niet lang of hij barstte los. Hij schreeuwde het uit dat hij zijn vader haatte en dat hij nooit meer iets met hem te maken wilde hebben. Ik heb hem uit laten razen en toen hij naar buiten liep, ben ik hem niet achterna gegaan. Ik hoorde af en toe lawaai, maar ben niet wezen kijken.

Toen hij later binnenkwam, zag ik een heel andere Steef. Het leek of hij volwassener was geworden. Het duurde even voor hij kon vertellen dat zijn vader hem had opgewacht bij het huis van Jaap en dat hij er op dat moment totaal geen raar gevoel bij had gehad. Hij vond het juist positief dat zijn vader kwam. Maar toen Joost hem in de auto de reden vertelde, vroeg Steef hem te stoppen. Hij had zijn tas van de achterbank gepakt en was weggerend.

Ik begreep dat hij een heel eind heeft moeten lopen eer hij thuis was. Dat was misschien goed geweest voor hem. Steef begon ineens op zakelijke toon van alles te vragen en ik gaf hem een zo duidelijk mogelijk antwoord. Ook hij was van mening dat we zo snel mogelijk uit het huis moesten. Diezelfde avond kwamen mevrouw De Zwaal en haar man. Daar was ik heel blij mee, vooral voor Steef. Hij heeft heel lang met ouderling De Zwaal gepraat en ik geloof vast dat die Steef begreep. Ze boden ons alle hulp aan die we nodig hadden. Toch bleef het een onwerkelijke toestand. Het leek of ik in die weken geleefd werd. Het ging allemaal zo ontzettend snel. Binnen twee weken hadden we een huurwoning in het dorp en stond ons huis te koop. Ik voel me niet echt thuis in dit huis en ik ben ook niet van plan om hier te

blijven wonen. Zodra alles geregeld is en ons huis is ver-
kocht, ga ik op zoek naar een ander huis, maar wel hier ver
vandaan. Dan hoop ik opnieuw te kunnen beginnen.

Antje, ik ben erg moe geworden van het schrijven. Je
weet nu hoe het met mij en Steef is. Joost wil ik gewoon niet
meer zien en alles wordt telefonisch afgehandeld. Veel ver-
der denken durf ik ook nog niet. Zodra er veranderingen
zijn, hoor je het van me.

22

*Wat kan een leven toch helemaal veranderen! Ik ben ver-
huisd en woon nu in een totaal andere omgeving. Ons vorige huis was heel snel verkocht en bracht veel geld op. Joost
heeft alles tot in de puntjes afgehandeld.*

*De scheidingsprocedure vond ik vreselijk! Ik heb er nach-
ten niet van kunnen slapen. Nog steeds heb ik zijn nieuwe
vriendin niet gezien en daar ben ik heel blij om. Want hoe
gek het ook in je oren zal klinken, ik ben gewoon jaloers! Ik
begrijp zelf niet hoe het komt dat ik af en toe nog gevoelens
van liefde voor Joost heb.*

*Eigenlijk zou ik hem moeten haten, maar dat doe ik niet.
In sommige opzichten blijf ik hem missen. Ik droom heel
veel over hem en mij en dat vind ik vreselijk, want dan ben
ik de volgende dag echt uit m'n doen. Toch is er ook een
soort druk van me af, want ik hoef nu niet meer op m'n
tenen te lopen en bang te zijn dat ik iets niet goed doe.
Maar toch? Ik heb hem liefgehad met heel m'n hart en ik
moet verder met een grote leegte.*

*De eerste tijd heb ik zo vaak gehuild, dat ik soms dacht
geen tranen meer te hebben. Als ik dan naar Steef kijk...
Hij is zo veranderd! Naar mij toe is hij behulpzaam en lief,
maar het is niet de Steef meer van vroeger. Hij heeft het*

moeilijk gehad toen we gingen verhuizen, want hij moest ook afscheid nemen van zijn beste vriend Jaap. Gelukkig blijven ze contact houden en Jaap is zelfs al een paar dagen hier geweest. Je zult wel benieuwd zijn hoe ik aan dit huis gekomen ben. Nou, je weet dat mevrouw De Zwaal en haar man mij altijd gesteund hebben. Ze stonden mij met raad en daad terzijde en ik heb het min of meer aan ouderling De Zwaal te danken dat ik dit huis kon kopen. Hij was het tegengekomen toen hij voor zijn werk in deze omgeving moest zijn. Het is een klein huis aan de rand van een dorp. Het is heel goed bijgehouden en de eigenaar moest het verkopen, omdat zijn vrouw na een hersenbloeding opgenomen moest worden in een verpleeghuis en hij het niet zag zitten om hier alleen te blijven wonen. Beneden zijn een kleine kamer, keuken, bijkeuken en badkamer en boven zijn twee slaapkamers. Zodoende hoefde ik ook niet veel nieuwe meubelen te kopen.

Ik moet je eerlijk zeggen dat ik er heel blij mee ben en ik voel me ook al redelijk thuis. Steef moest ook naar een andere school, maar daar had hij geen moeite mee. Hij is naar buiten toe nog steeds de spontane Steef, maar ik weet beter. Hij heeft het ontzettend moeilijk gehad en we hebben samen uren, ja dagen gepraat. Gelukkig raakte hij niet in zichzelf gekeerd, want dan was ik heel ongerust geworden. Ik geniet zo van hem en vind het een voorrecht om hem nog thuis te hebben. Hij is inmiddels achttien en hij is heel gemotiveerd om zo snel mogelijk zijn studie af te maken. Het liefst zou hij een eigen garagebedrijf beginnen, maar ik betwijfel het of dat in deze tijd haalbaar is. Hij is ook bezig met autorijlessen. Ik denk dat hij weinig lessen nodig heeft, want hij heeft het gewoon in zijn vingers.

Mevrouw De Zwaal en haar man mis ik erg, want die zijn de afgelopen tijd als een vader en moeder voor me geweest. Ik heb ook nog overwogen om werk te gaan zoeken, *maar dat zie ik eerlijk gezegd niet zitten. Ik ben al zo lang uit het arbeidsproces, dat ik niet zou weten wat ik zou kunnen doen. Ik heb het ook niet echt nodig, want als ik zuinig leef dan lukt het me wel. Een auto mis ik niet, want familie of vrienden heb ik bijna niet. En als ik eens weg moet, ga ik met het openbaar vervoer.*

Joost heeft gezegd dat hij de studie van Steef blijft betalen. Steef wilde dat niet, omdat hij van 'die kerel' geen geld meer wilde, maar toen De Zwaal met hem had gepraat, stemde hij ermee in. Nooit heeft hij het meer over Joost als zijn vader.

Ik wilde dat je kon zien waar we wonen. Het is hier een prachtige omgeving en met tien minuten ben ik in een polder, waar ik kan blijven wandelen en fietsen. Ook is er een groot water vlakbij en ik vind het heerlijk om op de dijk te zitten en over het water heen te kijken.

Antje, ik denk dat ik je weinig meer zal schrijven, want ik kan er veel beter een punt achter zetten. Ik heb al een paar keer op het punt gestaan het dagboek te verscheuren, want telkens als ik het lees, word ik met het verleden geconfronteerd, en dat wil ik zo snel mogelijk vergeten. Met Joost wil ik geen enkel contact meer, want dat kan ik niet aan.

*

Ik dacht je eigenlijk niet meer nodig te zullen hebben, maar nu kan ik niet anders. Ik moet je wat vertellen. En dat is voor mij diep ingrijpend! Ik kan het zelf nauwelijks geloven, maar het is echt waar. Steef is inmiddels bijna eenentwintig jaar en hij is sinds vorige week gaan samenwonen met een vriendin! Niet te geloven, ik ben er helemaal ondersteboven van.

Hij heeft zijn vriendin ruim een jaar geleden ontmoet op

school. Het klikte direct en hij vertelde mij heel enthousiast over haar. Ik vond het niet fijn om te horen dat ze niet kerkelijk was. Maar dat vond Steef geen probleem, want van kerkmensen moest je het ook niet hebben. Ik voelde direct wat hij bedoelde, maar ging er niet verder op in. In het begin dacht ik aan gewone vriendschap, maar het bleek al snel dat het dieper zat. Ik gunde haar het voordeel van de twijfel en zei dat hij haar dan maar eens mee naar huis moest brengen.

Dat gebeurde, maar het was voor mij wel een teleurstelling. Ze was een zeer zelfbewust meisje, dat goed wist wat ze wilde en waar ze voor stond. Wel merkte ik dat zij ook echt van Steef hield, maar ik was vanaf de eerste ontmoeting met haar ongerust. En mijn ongerustheid bleek niet ongegrond te zijn. Steef ging heel vaak naar Willeke thuis en daar genoot hij. Hij kwam daar altijd zo opgetogen vandaan. Blijkbaar voelde hij niet aan dat zijn enthousiaste verhalen erg pijnlijk voor mij waren. Hij begon mij ook uit te leggen dat hij steeds meer moeite kreeg met het geloof. Dat het hem heel weinig zei en dat hij alleen voor mij nog mee bleef gaan naar de kerk. Daar had ik veel verdriet van en ik heb geprobeerd om met hem in gesprek te blijven. Toch voelde ik dat hij meer en meer van me af groeide. 'k Heb het gevoel dat ik Steef kwijt ben. Ik heb God gesmeekt of Hij Steef terug wilde brengen, maar m'n gebeden leken niet verhoord te worden.

Begin dit jaar zei hij niet meer naar de kerk te gaan, omdat hij niet langer kon huichelen. Willeke kwam weinig en ik merkte dat Steef praktisch alles voor haar deed. Zijn studie heeft hij met glans afgesloten. Hij werkt sinds deze zomer bij een groot autobedrijf en daar heeft hij het heel goed naar zijn zin. Verder leren ziet hij nog niet zitten.

En nu kwam hij vorige week met de mededeling dat hij

ging samenwonen met Willeke! Ik kon het niet geloven en even flitste het door me heen dat hij toch ook wat van Joost heeft. Heel nuchter zei hij tegen mij dat hij zijn eigen leven wilde gaan leiden. Hij kon toch niet altijd bij mij blijven? Ik heb geprobeerd om hem te wijzen op het verkeerde van samenwonen, maar daar wilde hij absoluut niet naar luisteren. Op een gegeven moment haalde hij ons huwelijk als voorbeeld aan en dat deed me enorm veel pijn. Hij hield van Willeke en zij van hem en ze wilden gewoon bij elkaar zijn. Ik voelde me die avond zo oud, echt waar. Ik miste m'n ouders intens en het liefst was ik naar mevrouw De Zwaal gegaan om haar alles te vertellen. Gelukkig kon ik 's avonds m'n knieën buigen en mocht ik alles aan de Heere vertellen. Dat gaf me rust en tot m'n verbazing mocht ik die nacht goed slapen.

Toch bleef ik aan Steef merken dat hij van mij hield en dat hij het op een of andere manier toch vervelend vond dat ik alleen zou blijven.

Ik moet je ook nog vertellen dat ik een hond heb! Hoe dat kwam? Steef had nog niet zo lang vriendschap met Willeke toen hij op een dag met het voorstel kwam een hondje voor mij te kopen, want dan had ik iets om voor te zorgen en was ik ook niet zo alleen. Mijn eerste reactie was dat ik dat niet wilde, omdat het zoveel verplichtingen gaf. Maar hij bleef erover bezig en uiteindelijk gaf ik toe. Hij liet er geen gras over groeien en nog geen week later kwamen hij en Willeke met een hondje aan. Het was een pup van zeven weken en ik was op slag verliefd op hem. Het was niet echt een rashondje, maar dat maakte niet uit. Hij had zulke lieve oogjes en ik wist ook direct een naam voor hem. Ik noemde hem Joris. Steef en Willeke moesten daar erg om lachen en vonden het geen hondennaam, maar ik bleef erbij. En ik moet je eerlijk zeggen dat met de komst van Joris voor mij heel veel veranderd is. Ik ben me erg aan hem gaan hechten en hij was ook meteen dol op Steef. Ik was nu wel verplicht om elke dag naar buiten te gaan en dat was goed voor mij. Ik merkte dat Joris in bepaald opzicht een medicijn was voor me.

Lieve Antje, misschien dat ik je nog eens nodig heb. Maar ik wil je nu alvast bedanken dat je altijd naar me hebt willen luisteren. Het heeft me toch op een of andere manier geholpen moeilijke perioden door te komen. Wellicht heb ik je in de toekomst ineens weer nodig, want als ik eraan denk dat Steef het huis uit zal zijn, dan heb ik de neiging om in paniek te raken. Ik ga jou heel goed opbergen en als ik ertoe in staat ben, dan doe ik je weg. Dat moet gewoon een keer gebeuren, omdat ik anders jou telkens weer tevoorschijn haal en ga lezen.

Met een diepe zucht legt Hanneke het dagboek naast zich op de grond. Haar hoofd bonst en ze trilt van emotie. Het lijkt alsof het allemaal gisteren gebeurd is. En dan te bedenken dat Steef al ruim vijf jaar met Willeke samenwoont!

Ze kreunt en vouwt haar handen samen. Dan komen de tranen en het lijkt alsof ze niet op kan houden met huilen. Joris is opgestaan en legt zijn kop op haar schoot. Onafgebroken kijkt hij haar aan. Het gevolg is dat ze nog harder moet huilen.

'O Joris,' snikt ze, 'wat een leven heb ik achter de rug. Wat ben ik blij met jou!'

Het lijkt wel of hij haar verstaat, want hij geeft haar een lik over haar wang en gaat weer aan haar voeten liggen.

Eindelijk voelt ze zich rustiger worden. Ze ziet tot haar verbazing dat het al twee uur 's nachts is. Heeft ze zo lang zitten lezen? Toch is ze blij dat ze het dagboek uitgelezen heeft. Ze neemt zich voor om het aanstaande week te verscheuren of te verbranden.

Tegen de morgen gaat ze naar boven. Ze voelt zich helemaal leeg.

Ze vergeet het dagboek mee te nemen.

23

De daaropvolgende zondag is het prachtig weer. Hanneke is al vroeg het bed uit gegaan en heeft met Joris al een flinke wandeling gemaakt.

Nu zit ze in de keuken te ontbijten. Joris heeft zijn eten al naar binnen geschrokt en hij staat naast haar stoel met smekende blik naar haar boterhammen te kijken.

'Nee, jij hebt genoeg gehad. Je krijgt echt niets meer van me.'

Hij draait zich om en gaat in z'n mand liggen, maar wel met zijn rug naar haar toe.

Ze schiet in de lach. 'Zo, wil je me op deze manier laten zien dat je boos op me bent?'

Joris blijft liggen, maar zijn staart gaat heen en weer.

Net als ze op het punt staat naar de kerk te gaan, hoort ze voetstappen naast het huis en even later komt Natasja binnen. In een oogopslag ziet Hanneke dat ze gehuild heeft. Een grote blauwe plek zit net onder haar rechteroog.

'Tante Hanneke,' begint ze snikkend.

Hanneke pakt het meisje vast, loopt met haar naar de kamer en gaat met haar op de bank zitten.

'Zo, rustig nu maar. Wat is er gebeurd?'

'Wij gingen vandaag met vakantie, maar nu ineens niet meer. Nu gaan we morgen. Mama moet werken en papa moet echt weg vandaag. Enne... Snoetje mag ik ook niet meenemen. Zij moet naar een dierenplaats!' Ze veegt met haar handen langs haar ogen en snikt nog even na.

'En moet je daar nu zo om huilen? Ik denk dat Snoetje naar een asiel moet. Daar zorgen ze best goed voor haar, hoor. Daar hoef je echt niet verdrietig om te zijn.'

'Dan ben ik alleen, en Snoetje ook.'

Medelijdend kijkt Hanneke het meisje aan. Ze voelt wel aan waarom ze dit zegt. Toen Natasja gisteren bij haar was, vertelde ze dat ze helemaal geen zin had om weg te gaan. Dat ze veel liever bij haar zou blijven.

Ze zucht, kijkt Hanneke aan en zegt: 'Mag ik bij u blijven?'

'Dat zal niet gaan. Ik moet naar de kerk.'

'Naar het huis waar uw God woont?'

Hanneke glimlacht en knikt.

'Dan wil ik met u mee. Goed?' Verwachtingsvol kijkt Natasja haar aan.

Even staat Hanneke in tweestrijd, dan stemt ze toe.

Natasja springt van de bank en pakt Joris vast. 'Jij mag niet mee, hoor, maar ik wel.'

'Zeg, Natasja, Snoetje is nu ook alleen.'

'Niet zo lang. Straks ga ik weer naar huis.'

'Hoe kom je aan die blauwe plek onder je ene oog?'

Het ontgaat Hanneke niet dat Natasja schrikt en even beweegt ze met haar hand naar haar oog.

'Ik viel met Snoetje.' Ze kijkt Hanneke niet aan. Die zucht en vraagt zich voor de zoveelste keer af wat er precies allemaal aan de hand is. Want ze kan zich ook niet voorstellen dat ze alleen om Snoetje zo overstuur hierheen kwam.

Natasja huppelt naast Hanneke mee naar de kerk. Ze heeft verbaasd gevraagd waarom ze een hoed op heeft. Hanneke heeft alleen gezegd dat alle vrouwen dat hebben.

'O, ik ben nog geen vrouw.'

Bij de kerk pakt Natasja de hand van Hanneke stevig vast en ze kijkt verlegen om zich heen. Ze fluistert: 'Ook meisjes hebben een muts.'

'Weet ik, maar kom maar mee.'

Hanneke ziet sommige mensen naar haar kijken als ze met Natasja de bank in schuift. Zoals altijd knikt ze vriendelijk naar hen, maar ze voelt sommige blikken als afkeurend. Als Natasja hardop wat aan haar wil vragen, legt Hanneke haar vinger op de mond van het meisje en zegt zacht dat ze in de kerk niet hardop mag praten.

Voorzichtig kijkt Natasja om zich heen en als het orgel begint te spelen, vouwt ze haar handen samen en blijft heel stil zitten.

Hanneke is benieuwd of Natasja het stilzitten kan volhouden. Maar het valt alles mee. Het zingen vindt ze zichtbaar prachtig en als de dominee bidt, houdt ze haar ogen stijf dicht. Hanneke heeft geen spijt dat ze het meisje meegenomen heeft. In haar hart is een stil gebed of de Heere aan haar wil denken.

De preek is niet moeilijk. Het gaat over de geschiedenis van de wonderbare spijziging. Als de dominee het heeft over het breken van de broden, geeft Natasja haar een duw en fluistert: 'Goed hè, van Jezus! Hij kan echt alles.'

Na de kerkdienst praat ze honderduit over wat ze gehoord en gezien heeft.

Ook als ze thuisgekomen zijn, heeft ze het er nog over. Ze reageert opgetogen dat het wel lijkt of Jezus kan toveren. Hanneke probeert haar uit te leggen dat toveren en een wonder niets met elkaar te maken hebben. Dan ineens zit Natasja stil voor zich uit te kijken en zucht ze een paar keer.

Ze kijkt Hanneke aan en vraagt: 'Hebt u God weleens gezien?'

'Hoe bedoel je dat?'

'Het is toch het huis van God? En in een huis woon je toch?'

Hanneke vertelt haar zo goed mogelijk wat daarmee bedoeld wordt. Natasja luistert en dan zegt ze ineens: 'Als de mensen zingen en praten over God in de kerk, dan is Hij daar!' Het is blijkbaar duidelijk voor haar, want ze begint ineens weer over de vakantie te praten. Dat ze het echt niet leuk vindt.

Op de vraag van Hanneke waarom niet, begint ze te huilen.

'Ik...' Ineens klemt ze haar lippen stijf op elkaar en zegt dat het over is.

Hanneke verbaast zich erover en ze voelt aan dat er meer achter zit. Toch vraagt ze er niet verder naar.

Als ze wat gedronken hebben, gaat Natasja naar huis. Bij de deur draait ze zich om en kijkt Hanneke aan. Aarzelend begint ze: 'Eh, luistert uw God ook als ik met vakantie ben?'

'Natuurlijk. Hij is overal en Hij ziet ons altijd.'

'Tante Hanneke, mag ik uw zwarte boek meenemen?'

'Zwarte boek?'

Natasja knikt. Ze loopt terug naar de kamer en pakt van de salontafel de zakbijbel van Hanneke.

'Waarom wil je die?'

'Dan kan ik lezen van God.'

Hanneke ontroert ervan en ze zegt dat Natasja hem mee mag nemen.

'Nu gaat God echt met mij mee op vakantie. Dank u wel!'

Natasja geeft Joris nog een aai over zijn kop en gaat dan weg. Hanneke loopt naar het raam en kijkt het meisje na. Ze blijft met een vervelend gevoel achter en telkens ziet ze Natasja's opeengeklemde lippen voor zich. Ze is ervan overtuigd dat het meisje iets voor haar verbergt. Misschien doet de gelegenheid zich nog een keer voor dat ze het haar vertelt.

De zondag verloopt verder rustig. Na de middag-dienst vragen een paar mensen haar naar Natasja. Ze zegt alleen dat ze vlak bij haar woont en dat ze ook een keer mee wilde naar de kerk.

Als ze thuiskomt, valt de stilte op haar. Ze is moe en heeft geen zin om te eten. Wat zal ze blij zijn als Natasja weer terug is van vakantie. Hoe is het moge-lijk dat ze zich zo aan het meisje is gaan hechten! Ze is ervan overtuigd dat ze op haar weg geplaatst is, maar ze weet niet waarvoor. Ze heeft met niemand uit het dorp ooit vriendschap gesloten, daar was ze veel te bang voor geworden. Het leek of ze in de loop der jaren toch wat contactgestoord was geworden. Al die jaren dat ze met Joost getrouwd was, hebben ze ook weinig vrienden gehad en daardoor heeft ze geleerd om alleen te zijn. Maar wellicht hebben andere men-sen medelijden met haar en vinden ze haar heel een-zaam. Toen ze hier pas woonde en ze kwam iemand tegen die haar wat vroeg, kreeg ze het warm en wist ze niet goed uit haar woorden te komen. Dat is de laatste jaren verbeterd. Ze maakt nu geregeld een praatje met de mensen. Maar als iemand uit de kerk vroeg of ze meeging op de koffie, zei ze altijd nee. Ze bleef liever alleen met haar herinneringen en Joris.

Ze schudt haar hoofd en spreekt zichzelf vermanend toe. Ze heeft haar dagboek immers uitgelezen en ze zou een punt zetten achter het verleden. Misschien werkt de vriendschap met Natasja daar wel aan mee.

Toch heeft het haar verbaasd dat ze het hier zo goed naar haar zin heeft.

Ze pakt een boek en probeert te lezen, maar het dringt niet echt tot haar door. Ze moet een paar keer dezelfde bladzijde lezen, voor ze weet waar het over gaat.

's Avonds betrekt de lucht en eer het een uur verder is, barst er een hevig onweer los. Joris kruipt zoals altijd onder de tafel en blijft daar liggen tot de bui over is. Hij is altijd al bang geweest van onweer en Hanneke laat het maar zo.

Daarna begint het te regenen en zodoende kan ze niet met Joris naar buiten.

Ze denkt aan Natasja en hoopt van harte dat haar vader en moeder thuis zullen zijn.

Ze schrikt als Joris ineens gaat staan en gaat blaffen. Zou er iemand voorbijlopen of... Ze krijgt het warm bij die gedachte en probeert hem weg te duwen.

Maar het lukt niet en als ze even later de voordeur hoort opengaan, weet ze het zeker. Met bonzend hart blijft ze zitten en wacht tot Steef de kamer in komt.

Dan staat ze op en met een paar stappen is Steef bij haar. Ze is opgelucht dat hij alleen is. Hij omarmt haar en geeft haar een kus.

'Dag mam, hier was ik weer. Hoe is het met u?'

Ze slikt een paar keer en zegt dan dat ze zich prima voelt.

Hij kijkt haar onderzoekend aan en schudt zijn

hoofd. 'Ik geloof u niet helemaal, want u ziet er niet echt goed uit.'

'Toch gaat het best goed, hoor. Alleen voel ik me de ene dag beter dan de andere.'

'Oké.'

Hij pakt Joris even vast en gaat dan zitten.

'Zeg Steef, zijn jullie niet te vroeg thuis?'

Hij knikt en vertelt dan dat ze naar huis moesten komen, omdat een oma van Willeke overleden is. Gisteren zijn ze naar de crematie geweest en morgen gaan ze weer terug naar Luxemburg. Zonder commentaar van Hanneke af te wachten, vertelt hij heel uitvoerig hoe de crematie is geweest.

'Ma, het was bijzonder om zoiets mee te maken. Alleen de muziek al die er gespeeld werd. De oma van Willeke had het zelf allemaal al op papier gezet. Ze was al een hele tijd ziek, maar absoluut niet bang om te sterven. Ze zei steeds dat ze een goed leven had gehad en dat ze klaar was om weg te gaan. De crematie was mooi en indrukwekkend.'

Hanneke kan de moed niet opbrengen om ertegen in te gaan. Ze condoleert hem met het overlijden van Willekes oma. Ze vraagt nog wel hoe het met de verbouwing is. Ze hoort dat het nog wel even gaat duren, want ze laten meer doen dan ze aanvankelijk van plan waren geweest.

Heel enthousiast zegt hij dat ze maar snel moet komen kijken als het klaar is. Ze zal niet weten wat ze te zien krijgt.

'Ma, je reageert bijna niet.'

'Ach, wat moet ik hierop zeggen? Heb je helemaal niets meer met de kerk en alles wat ermee samenhangt?'

'Als ik eerlijk ben, ja, soms wel. Dan komen de twijfels weer opzetten, maar daar wil ik gewoon niet aan toegeven. Ik heb m'n keus gemaakt en zo wil ik verder leven. Ik ben nog steeds gelukkig met Willeke, en laat mij dan maar van het hier en nu genieten. Dan heb ik dat in ieder geval gehad.'

Hanneke moet moeite doen om niet te gaan huilen. Ze zucht een paar keer, maar gaat er niet verder op in. Steef vertelt nog het een en ander over hun vakantie en staat dan op. 'Ik ben blij dat ik u toch even gezien heb, ma.'

'Gelukkig. Doe voorzichtig en ik hoor wel wanneer jullie terug zijn.'

Hij geeft haar vluchtig een kus en gaat dan weg. Hanneke voelt het als een soort vlucht. Ze loopt niet mee naar de voordeur, maar blijft op haar stoel zitten. Ze is weer met haar neus op de feiten gedrukt en men-selijkerwijs gesproken is ze Steef echt kwijt. Hij houdt nog wel zoveel van haar dat hij haar af en toe op zal zoeken, maar zoals de verhouding tussen hen altijd was, dat is voorgoed voorbij.

Ondanks dat het elf uur geweest is, trekt ze haar jack aan, pakt ze de riem van Joris en gaat ze naar buiten. Even proberen haar verwarde gedachten tot rust te brengen.

24

De bus stopt en Hanneke stapt uit. Ze zet de kraag van haar jas wat op, want het is best fris geworden. Er waait een stevige wind. Toch loopt ze niet snel, want ze vindt het heerlijk om weer buiten te zijn. Het was een behoorlijke reis naar meneer en mevrouw De Zwaal. Gisteren had ze ineens het besluit genomen om naar hen toe te gaan. Het was al best lang geleden en ze heeft direct gebeld. Ze waren heel blij dat ze weer eens kwam. Ze wonen sinds een halfjaar in een aanleunwoning van een bejaardenhuis en hebben het daar goed naar hun zin, hoewel het een hele overgang was voor hen. Zolang ze getrouwd waren hebben ze in hetzelfde grote huis gewoond en daar zijn ook hun twaalf kinderen opgegroeid. Totdat mevrouw De Zwaal haar heup brak. In het begin zag het er hoopvol uit, maar ze kon niet goed meer lopen. En omdat haar man een zware hartpatiënt was, besloten ze om te verhuizen.

Wat waren ze blij toen een kleinzoon het huis van hen kocht, zodat het toch in de familie bleef. En ze kunnen zodoende ook nog eens in hun oude huis op bezoek.

Toen Hanneke aan kwam lopen, zag ze hen samen voor het raam staan. Ze stonden dus al op de uitkijk. Telkens weer heeft ze het gevoel thuis te komen als ze bij hen is. Daar is zelfs geen verandering in gekomen toen ze verhuisd zijn.

Ze werd door beiden omarmd en bijna direct begonnen ze te praten. Zij genoot van de verhalen over hun kinderen en kleinkinderen. Soms voelde ze even pijn vanbinnen en zag ze scherp hoe eenzaam haar leven was verlopen.

Eindelijk begonnen ze haar vragen te stellen over haar huis en over Steef.

Ze aarzelde om het de twee oude mensen te vertellen, maar dat duurde maar even. Alles vertelde ze, en er werd stil geluisterd. Op een gegeven moment zag ze tranen bij mevrouw De Zwaal en dat werd te veel voor haar. Ze kon niet verder omdat ze ook ging huilen.

Eindelijk begon De Zwaal te praten. Hij kwam niet met verwijten of iets dergelijks. Ze merkte dat hij meeleefde met haar. Hij hoopte dat ze door alles heen mocht ervaren dat de Heere van haar wist. Dat ze alle zorgen bij Hem kon brengen. En daar mocht en kon ze niet over zwijgen. Hoewel het met tussenpozen verteld werd, ze begrepen haar en dat was voor Hanneke het voornaamste. Eigenlijk was ze ook wat hoopvol gestemd, want De Zwaal had nog eens benadrukt dat voor de Heere niemand onbereikbaar is.

Ze was van plan om vroeg in de middag weer naar huis te gaan, maar het was zo gezellig dat het al avond werd voor ze wegging. Een paar kinderen van hen heeft ze 's middags nog ontmoet en toen die weggingen, was het al bijna etenstijd. Ze dwongen haar bijna om mee te blijven eten en het kostte haar geen moeite om 'ja' te zeggen.

Met een blij en dankbaar gevoel ging ze naar huis. Haar accu was opgeladen en ze kon er weer even tegen. De aansluiting van de trein op de bus was niet goed, zodat ze bijna een halfuur op de bus had moeten wachten. Dat vond ze wel vervelend, want Joris was nu bijna de hele dag alleen geweest. Ze kon hem niet meenemen. Toch vertrouwde ze erop dat hij het goed heeft gehad, want ze had hem achter in de tuin gelaten. De deur van het tuinhuisje had ze half opengezet, zodat hij daar naar binnen kon om te eten. Straks zou ze eerst gaan kijken of hij ergens in de tuin wat achtergelaten had.

Als ze vlak bij huis is, hoort ze Joris al blaffen. Ze glimlacht en roept zijn naam.

Nu wordt het blaffen nog erger en als ze het hekje opendoet, springt hij haar bijna omver.

Ze zakt even door haar knieën en laat zich besnuffelen. Heerlijk, zo'n begroeting. Dat doet haar het alleen zijn vaak vergeten. Hij blijft om haar heen springen tot ze binnen zijn. Dan laat hij zich met een zucht in de mand vallen.

'Die heb je vandaag natuurlijk gemist,' reageert ze lachend, terwijl ze haar jas op gaat hangen.

Het is binnen nog een aangename temperatuur. Dat komt natuurlijk omdat de zon er vandaag in geschenen heeft. Ze hoeft in ieder geval de kachel niet aan te steken. Ze is blij dat ze haar slippers aan kan, want ze merkt dat haar voeten wat gezwollen zijn. Komt natuurlijk omdat ze weinig gelopen heeft vandaag.

Ze loopt naar de gang om te kijken of er nog post is. Ze ziet er een kaart tussen zitten. Nieuwsgierig pakt ze hem op en ze ziet dat hij door Natasja gestuurd is. Waarschijnlijk heeft haar vader of moeder het adres opgeschreven. Zelf heeft ze er ook nog iets op geschreven. Hanneke ontroert ervan als ze leest:

Liefe tante hanneeke. Is mooj hier. Ik lees ook in het zwaarte boek. En ik bit. Veel kussen van Natasja.

Ze pakt de rest van de post en loopt terug naar de kamer. De kaart zet ze op het dressoir. Het is inderdaad een prachtige omgeving waar ze zitten. Ze zoekt de kaart van Duitsland op om te kijken waar het precies is. Ze ziet dat het niet erg ver Duitsland in is. Zelf is ze daar nooit geweest. Wat zal Natasja enthousiaste verhalen hebben als ze weer thuis is. Er is gelukkig al bijna een week voorbij. Ze zal blij zijn als Natasja weer thuis is.

In gedachten verzonken zit ze op de bank. Haar gedachten dwarrelen overal heen. Flarden van gesprekken van de afgelopen dag gaan door haar heen, dan ziet ze Natasja weer voor zich. Ze dommelt wat in en schrikt wakker van de telefoon. Zal ze hem laten gaan? Ze heeft weinig behoefte aan een gesprek.

Toch staat ze op, ze pakt de telefoon op en zegt haar naam. Ze schrikt als ze aan de andere kant de naam hoort noemen van de vader van Natasja. Ze hoort direct aan zijn stem dat er iets is.

Hij begint gejaagd te praten. 'Tante Hanneke, zal ik maar zeggen. We zitten in grote angst.'

Onwillekeurig houdt Hanneke haar adem in en luistert verder. 'Natasja is gevallen en moest opgenomen worden in het ziekenhuis. Ze is direct geopereerd, maar nu zijn er complicaties opgetreden. Ze heeft heel hoge koorts gekregen en de doktoren weten niet precies waar het vandaan komt. We zijn al de hele dag in het ziekenhuis en ze vraagt telkens naar u. Zou u alstublieft willen komen, want wij weten ons geen raad.'

Hannekes gedachten gaan razendsnel en ze begrijpt

dat het ernstig is, want anders zouden ze haar nooit bellen.

Aarzelend zegt ze dat ze geen auto heeft. Direct daarop zegt hij dat ze zich daar geen zorgen om hoeft te maken. Ze moet maar een taxi bellen en haar daarheen laten rijden. Maar wel zo snel mogelijk, want het is nogal ernstig. Hij smeekt haar te komen.

'Ik kom. Ik ga het direct regelen.'

Hij geeft nog even het juiste adres door en zegt dat het niet langer dan vier uur rijden is. Het maakt haar op dit moment niets uit, ze voelt dat het nodig is om naar Natasja te gaan. Als ze de telefoon weglegt, trilt ze. Ze loopt naar de keuken om wat te drinken. Een hevige ongerustheid maakt zich van haar meester. Ze leunt even tegen het aanrecht aan en tuurt naar buiten.

'O Heere, mag ik op tijd bij haar komen. Neem haar niet weg.'

Het zijn maar enkele woorden, maar ze geven haar de wetenschap dat God haar heeft gehoord.

Ze zoekt in het telefoonboek naar het dichtstbijzijnde taxibedrijf. Haar stem klinkt wat onvast als ze vertelt wat de bedoeling is. Een vriendelijke stem zegt over een kwartier bij haar te zijn.

Ze gaat naar boven om haar handtas te halen, doet er wat toiletspullen in en loopt weer naar beneden. Onder aan de trap staat Joris te kwispelen.

Tranen schieten in haar ogen. Ze pakt hem even vast en zegt: 'Joris, ons vriendinnetje is heel ziek en daar moet ik nu naartoe. Jij kunt nog wel een poosje alleen blijven, toch? Ik zet eten en drinken in de bijkeuken. En ik zal ook een grote doos wegzetten met zand erin. Hopelijk begrijp je dan waar die voor dient. En zo niet, dan neem ik het je niet kwalijk, hoor. Maar ik kan je in deze omstandigheden echt niet meenemen.' Met zijn kop scheef luistert hij naar haar.

Ze is net klaar als de bel gaat. Ze laat een paar schemerlampjes branden, geeft Joris nog een aai over zijn kop en gaat naar buiten.

De taxichauffeur blijkt een jonge man te zijn. Hoffelijk houdt hij de deur voor haar open. Voor hij wegrijdt, vraagt hij voor alle zekerheid nog even of het adres juist is dat hij doorgekregen heeft.

De chauffeur blijkt een gezellige prater te zijn. In het begin denkt ze een paar keer: houd alsjeblieft je mond, maar later vindt ze het fijn. Het geeft haar wat afleiding. Telkens kijkt ze op het klokje in de auto hoe laat het is. Het kan haar niet snel genoeg gaan. In haar hart is een stil gebed tot God of ze toch op tijd mag zijn. Gelukkig is er niet veel verkeer meer op de weg en na ruim drie uur rijden ze de stad binnen waar ze moeten zijn.

Hij parkeert de auto en loopt met haar mee naar binnen. Het is stil in het ziekenhuis. Een verpleegkundige vraagt in het Duits wat ze komt doen.

Even moet ze naar de juiste woorden zoeken, maar als ze de naam Natasja Zuidervan noemt, knikt de verpleegkundige. Ze zegt in rap Duits tegen de taxichauffeur waar hij kan wachten en loopt dan met Hanneke mee. Ze moeten met de lift naar de bovenste verdieping. Als ze uit de lift stappen, ziet Hanneke de vader van Natasja aankomen. Ze schrikt van hem en haar keel wordt dichtgesnoerd. Zou ze toch te laat zijn? Met vlugge stappen is hij bij haar, hij pakt haar bij de arm en trekt haar mee. Ze krijgt geen kans om wat te vragen. De verpleegkundige is weer teruggegaan.

Aan het einde van de gang staan ze voor een dichte deur. Hij kijkt haar met betraande ogen aan en zegt schor: 'We zijn zo blij dat u wilde komen. Het is heel ernstig met Natasja.'

Dan duwt hij de deur open en laat haar eerst naar binnen. Er schijnt een flauw licht in de kamer. Er staat één bed en daar ligt Natasja in. Op haar tenen loopt Hanneke verder. Direct staat Natasja's moeder op en pakt haar handen vast.

Ze fluistert: 'Dank u wel dat u er bent. Gaat u zitten.'

Hanneke weet geen woord uit te brengen. Wat ziet Natasja eruit! Haar hele hoofd zit in het verband. Alleen haar ogen en mond zijn nog te zien. Naast het bed staan verschillende infusen. Ze hoort Natasja kreunen. Ze buigt zich even over haar heen en zegt zacht haar naam. Geen reactie. Ze gaat in de stoel naast het bed zitten en wacht. Tries en Jako staan aan het voeteneinde en kijken onafgebroken naar hun dochtertje.

Voorzichtig legt Hanneke haar hand op het witte handje van Natasja en zegt nog eens haar naam. Het lijkt of er een trilling door het meisje heen gaat. Haar lippen gaan een eindje van elkaar en Hanneke ziet dat ze haar naam wil zeggen.

Vlug gaat Hanneke overeind staan, ze buigt zich over haar heen en zegt: 'Tante Hanneke is hier bij je.'

Ze ziet een flauwe glimlach en even trillen Natasja's oogleden. Hanneke heeft een brok in haar keel en ze zou van alles willen vragen, maar er komt geen woord over haar lippen. Hoelang ze zo zit, weet ze niet. Ze ziet alleen dat het meisje heel ziek is.

Ineens opent Natasja haar ogen en ze horen haar nu duidelijk 'tante Hanneke' zeggen. Hanneke pakt haar handje weer in haar hand en knijpt er licht in.

'Zwarte boek... bidden.' Dan vallen haar ogen weer

dicht. Maar het is voor Hanneke genoeg. Ze ziet geen vader en moeder meer staan, ze ziet alleen het doodzieke meisje liggen, waar ze zoveel van is gaan houden. Ze voelt de nood van het kind. Zonder er verder bij na te denken, valt ze op haar knieën voor het bed en bidt hardop tot God. Het lijkt of het nog stiller wordt in het kamertje. Ze hoeft niet naar woorden te zoeken, want die komen vanzelf. Ze voelt dat haar bidden verder gaat dan het kamertje. Het bidden stijgt op tot God in de hemel. Ze smeekt voor het leven van Natasja. Ze pleit op de trouw van God. Op Zijn almacht. Haar laatste woorden klinken als een noodkreet en dan horen ze Natasja duidelijk 'amen' zeggen. Hanneke voelt tranen op haar handen druppen. Ze staat op en kijkt naar het zieke meisje. Haar ogen zijn weer dicht, maar er speelt nog een glimlach om haar lippen. Zwijgend staan Tries en Jako aan het voeteneinde van het bed. Ze huilen allebei. Er is niets over van hun stoerheid en onverschilligheid. Ze zien er allebei gebroken uit.

De deur gaat weer open en een arts en een verpleegkundige komen binnen. Ze geven Hanneke een hand en zeggen dat ze Natasja een spuitje tegen de pijn komen geven. Hanneke loopt de gang op om daar te wachten tot ze klaar zijn met haar. Ze hoort hen praten en het valt haar op dat ze dat zacht en langzaam doen. Waarschijnlijk om het beter te kunnen begrijpen.

Jako heeft een arm om Tries heen geslagen en ze kijken angstig naar wat de arts doet. De verpleegkundige controleert het infuus en neemt de temperatuur op. De arts bromt wat en vraagt dan aan de verpleegkundige om een andere thermometer te halen. Tries snikt nog steeds en houdt een zakdoek voor haar mond.

Ze zien de arts met opgetrokken wenkbrauwen naar de thermometer kijken. Daarna voelt hij de pols van Natasja en draait zich om. Hij haalt zijn schouders op en zegt: 'Heel opmerkelijk, de koorts is een heel eind gezakt. Haar temperatuur is net boven de achtendertig, terwijl het een paar uur geleden nog boven de veertig was. We komen straks nog een keer terug.'

Hij knikt en loopt met de verpleegkundige de kamer uit. Tries en Jako kijken elkaar en lopen dan naar de gang. Ze vertellen wat de dokter tegen hen zei.

Hanneke knikt langzaam. 'God doet ook nu nog wonderen.'

Geen van beiden reageert hierop. Ze lopen terug naar de kamer en het valt ook Hanneke op dat de ademhaling van Natasja een heel stuk rustiger is. Het lijkt of ze rustig ligt te slapen.

'Hoelang kunt u blijven?' vraagt Tries even later.

'Zolang het nodig is,' is het rustige antwoord. Hanneke is verbaasd over zichzelf. Zo onrustig ze aan het begin van de avond was, zo rustig is ze nu.

Ze pakt het bijbeltje van het kastje en bladert er even in. Ze zoekt de geschiedenis op waarover de dominee preekte toen Natasja met haar in de kerk was. Zacht maar duidelijk leest ze de verzen voor, zonder te weten of Natasja het zal horen. Bijna aan het eind doet deze haar ogen open en ze kijkt Hanneke aan zonder iets te zeggen. Hanneke merkt dat ze luistert en daarom leest ze nog een stukje verder. Ondertussen is Natasja weer in slaap gevallen.

Als de dokter na een uur constateert dat de koorts blijvend gezakt is, zegt hij tegen de opgeluchte ouders dat het levensgevaar geweken is.

Jako pakt blij de handen van de dokter en bedankt hem een paar keer. Tries doet niets anders dan huilen.

Hanneke ziet dat de jonge vrouw helemaal overstuur is. Ze zegt dat ze gerust even weg kunnen, omdat zij wel een poosje hier wil blijven zitten. Dankbaar maken ze daar gebruik van.

Zodoende zit Hanneke ruim een halfuur alleen naast het bed van Natasja. Een paar keer opent deze haar ogen en glimlacht tegen Hanneke. Het lijkt of het meisje door haar aanwezigheid gerustgesteld is.

Hanneke begint te merken dat ze nog niets geslapen heeft. Ze heeft soms moeite haar ogen open te houden. Als Tries en Jako terug zijn, staat ze op en zegt naar huis te gaan.

Jako loopt met haar mee en tot haar verbazing betaalt hij de taxichauffeur contant. Ze begrijpt dat hij hem ook nog een royale fooi geeft.

Hij blijft de hand van Hanneke schudden en weet van emotie bijna geen woord uit te brengen. Het enige wat hij zegt, is dat ze haar nog veel te vertellen hebben en of ze overmorgen terug wil komen. Dat belooft ze direct en ze zegt dat ze dan met het openbaar vervoer zal komen. Maar daar wil hij absoluut niets van weten. Hij zal zorgen dat ze weer hier gebracht wordt. Ze voelt wel aan dat het geen zin heeft om hier tegenin te gaan.

Nog een laatste groet en ze stapt in. Ze voelt zich ineens vreselijk moe en de tranen lopen als vanzelf over haar wangen. Halverwege de rit valt ze in slaap en ze schrikt als de chauffeur haar wakker maakt.

'Mevrouw, u bent thuis.'

Slaapdronken bedankt ze de chauffeur, ze stapt uit en loopt langzaam naar de voordeur. Als ze binnen is, hoort ze de taxi wegrijden.

Ze is te moe om naar boven te gaan. Ze pakt de plaid en gaat op de bank liggen. Direct springt Joris ook op de bank en likt haar gezicht, zo blij is hij dat ze er weer is. Ze laat het even toe, maar zegt dan dat hij naar zijn mand moet. Maar dat is te veel gevraagd en hij laat zich voor de bank op de grond vallen. Dat is het laatste wat Hanneke meekrijgt. Ze valt direct in een heel diepe slaap.

25

Het is al halverwege de middag als Hanneke wakker wordt met een doffe hoofdpijn. Alles doet haar pijn en ze verbaast zich erover dat ze zo lang in dezelfde houding heeft liggen slapen. Ze moet even goed nadenken voor ze weet wat er gisteren allemaal gebeurd is. Het is te hopen dat er niet gebeld is, want dan heeft ze dat niet gehoord. Het lijkt wel of ze bewusteloos geweest is. Het duurt even voor ze zover is dat ze naar boven kan om te douchen. Ze voelt zich niet fit en ze neemt zich voor straks eerst met Joris een eind te gaan lopen. Wellicht knapt ze daarvan op. Als ze naar buiten kijkt, ziet ze een strakblauwe lucht. Het is toch niet te geloven dat ze zo lang geslapen heeft!

Als ze de trap af loopt, hoort ze de telefoon gaan. Snel pakt ze hem op en zegt haar naam. Aan de andere kant hoort ze de stem van Tries.

'Tante Hanneke, het is niet te geloven! U hebt de groeten van Natasja en ze is vanmiddag naar de afdeling gegaan. De koorts is niet teruggekomen en de dokter zei vanmiddag tegen ons dat hij voor een raadsel staat. Maar ik moest van Natasja zeggen dat ze graag wil dat u komt. Jako en ik realiseerden ons dat u een hond heeft. Als het niet gaat, hebben we daar alle begrip voor. Maar voor Natasja zou het heel fijn als u nog een keer komt.'

Glimlachend hoort Hanneke het aan en zegt dan dat ze het zeker wil doen. Dat Joris wel meer alleen thuisblijft en als ze niet langer dan een dag weg is, gaat het prima. Ze merkt dat Tries opgelucht is. Daarna krijgt ze Jako aan de telefoon en die zegt haar dat hij voor morgen alles al geregeld heeft. Dat de taxi om tien uur bij haar zal zijn, zodat ze weinig last zullen hebben van de files. Hij zal haar beneden bij de ingang van het ziekenhuis opwachten.

Hanneke gaat aan de keukentafel zitten. Haar gedachten gaan weer terug naar het bezoek in het ziekenhuis. Wat was ze geschrokken! En nu zo'n telefoontje! Tranen springen in haar ogen en ze vouwt haar handen. Ze heeft zo goed gevoeld dat ze innerlijk gedrongen werd voor het meisje te bidden. Maar ook dat ze de woorden kreeg. Stel je voor dat het ook een positieve uitwerking heeft op haar vader en moeder! Wat zou dat fijn zijn voor Natasja.

's Middags belt ze naar mevrouw De Zwaal. Ze moet het iemand vertellen en ze weet dat zij haar begrijpt. Ze heeft haar ruim een halfuur aan de telefoon en ze hoort aan de reactie dat mevrouw De Zwaal er ook van onder de indruk is.

Daarna beschuldigt ze zichzelf. Zou het goed geweest zijn om het te vertellen?

Ze schudt die gedachte van zich af, want het was haar alleen te doen om te vertellen dat de Heere zo wonderlijk had verhoord.

Eindelijk is ze zover om met Joris naar buiten te gaan. In het begin lijken haar benen niet vooruit te willen, zo moe is ze. Maar gelukkig gaat het na verloop van tijd beter en ze voelt de hoofdpijn afnemen. Het doet haar goed en als ze na een paar uur thuiskomt, voelt ze zich een heel ander mens.

Ze moet zich ertoe zetten om in huis wat te gaan doen. Lag Natasja nu maar hier in de buurt in een ziekenhuis. Dan was het veel gemakkelijker om even langs te gaan.

Als ze boven op haar slaapkamer bezig is, ziet ze ineens haar dagboek weer liggen. Ze pakt het vast en loopt ermee naar beneden. Ze pakt een plastic zak en dwingt zich om het dagboek te verscheuren, hoewel het haar veel moeite kost. Ze wil er niet meer in lezen, en bij elke paar bladzijden die ze verscheurt, voelt ze een soort pijn vanbinnen. Als ze klaar is, heeft ze er pijnlijke vingers aan overgehouden, maar toch is ze opgelucht. Voor haar is die periode nu definitief afgesloten. Ze zal zich veel blijven herinneren, maar de pijn zal met de loop der jaren afnemen. Ze heeft trek gekregen in eten. Toch heeft ze geen energie meer om een warme maaltijd klaar te maken. Ze kijkt in de kast, pakt een blik soep en warmt die op.

Omdat ze de volgende dag vroeg uit bed wil, gaat ze om tien uur naar boven. Toch duurt het een hele tijd voor ze in slaap valt.

Het is nog schemerig als Hanneke wakker wordt. Toch houdt ze het niet langer uit in bed. Ze wil nog het een en ander doen en ook met Joris nog een eind lopen. Joris vindt het prachtig dat ze naar buiten gaan. Even voelt ze zich schuldig tegenover hem dat ze vandaag alweer weg moet. Maar aan de andere kant heeft ze er vrede mee, want het is niet voor niets dat ze hem alleen moet laten.

Hoe dichter het bij tien uur komt, des te nerveuzer

ze wordt. Misschien doen ze er nu veel langer over. Ze controleert of er niets meer aan staat, doet de overgordijnen dicht en laat een paar schemerlampjes branden.

Ineens denkt ze aan Steef. Stel je voor dat hij belt en komt omdat hij geen gehoor krijgt. Met een paar zinnen legt ze op een briefje uit waar ze vandaag is en als hij komt, of hij misschien Joris even uit wil laten. Ze legt het briefje op de keukentafel en kijkt nog even of Joris voldoende drinken heeft. Als ze zegt waar ze naartoe gaat, kijkt hij haar met een scheve kop aan, maar hij blijft wel liggen.

Ze loopt naar de voordeur en als ze buiten staat, ziet ze een taxi aankomen.

Deze keer is het een oudere man. Hij vraagt ook of het adres juist is waar ze naartoe moeten en dan rijdt hij weg. Ze gaat nu met een heel ander gevoel weg dan eergisteren. Maar toch is ze heel benieuwd hoe ze Natasja zal aantreffen.

De reis verloopt weer snel. Een paar keer moeten ze langzaam rijden omdat men met wegwerkzaamheden bezig is. Voor de rest hebben ze geen enkele file.

Deze man is niet zo spraakzaam als de vorige, maar dat vindt ze niet erg. Ze heeft genoeg om over na te denken. Als ze bij het ziekenhuis aankomen, gaat hij niet mee naar binnen, maar blijft in de auto zitten. Hij vraagt nog hoelang ze denkt weg te blijven, maar daar kan ze niets van zeggen. Het maakt hem niet zoveel uit, want hij heeft een paar tijdschriften bij zich, zodat hij zich niet zal vervelen.

Bij de ingang staat Jako haar weer op te wachten. Hij ziet er nu heel anders uit dan de eerste keer. Hij vraagt of ze eerst even koffie wil en dat wil ze graag.

In de koffiecorner gaat hij wat achteraf zitten en

Hanneke merkt dat hij nerveus is. Ze geniet van de cappuccino en vraagt ondertussen hoe het met Natasja gaat. Hij geeft soms wat afwezig antwoorden, en ineens vraagt hij of ze nooit iets aan Natasja gemerkt heeft. Haar gedachten gaan razendsnel en even weet ze niet wat hij bedoelt. Tot ze ineens de blauwe plekken voor zich ziet en ze Natasja hoort zeggen dat ze gevallen is. Dat vertelt ze hem en dan begint hij te praten. Het lijkt of hij zich er niet echt van bewust is dat hij tegen Hanneke praat.

Ze hoort een verhaal van een ellendige jeugd. Van diverse opnames in een psychiatrisch ziekenhuis en nog veel meer. Hij gebruikt niet heel veel woorden, maar ze ziet het helemaal voor zich. Zijn stem wordt zachter en ze moet moeite doen om hem te blijven verstaan. Hij vertelt haar dat hij Tries in het ziekenhuis ontmoet heeft en dat het liefde op het eerste gezicht was. Toen hij ontslagen werd, zijn ze samen gaan wonen. De eerste jaren ging het goed, tot Natasja geboren werd. Hij werd jaloers op haar en vond dat ze veel te veel aandacht kreeg van Tries. Om kort te gaan, hij ging geweld gebruiken tegen Tries en later ook tegen Natasja. Wat hem razend maakte, was het feit dat Natasja nooit iets zei als hij haar sloeg. Altijd keek ze hem met die prachtige ogen aan en daar lag dan een stil verwijt in.

Toen ze in het dorp kwamen wonen, had hij zich voorgenomen zijn leven te beteren, maar dat duurde niet lang. Er hoefde maar iets te gebeuren of hij ging helemaal door het lint. In het begin vond hij het vreselijk dat Natasja naar tante Hanneke ging en hij heeft daar erge ruzie met Tries over gehad. Maar omdat zij ook wilde blijven werken, had hij geen keus. Hij moest vaak op onverwachte tijden werken en daarom gebeurde het geregeld dat Natasja alleen was.

Hij zwijgt en blijft naar de grond kijken. Hij durft haar niet in de ogen te zien. Hanneke heeft zich in het begin opgewonden, maar geleidelijk aan kreeg ze medelijden met de man die haar dit alles vertelde.

En ze is dubbel blij dat Natasja bij haar kwam.

Ze zucht een paar keer. Dan zegt ze alleen dat ze blij is dat hij haar dit verteld heeft en dat ze hoopt dat het nu beter zal gaan met hem en Tries.

'Ik heb nog één vraag. Is Natasja een paar dagen geleden echt gevallen of had dat ook een andere oorzaak?'

Zijn emotionele antwoord doet haar goed. 'Ze is echt gevallen. We waren aan het wandelen en ineens zag ze aan de overkant van de weg iets wat haar aandacht trok. Zonder te kijken rende ze naar de overkant en de auto die aankwam, kon haar zodoende niet meer ontwijken.'

'Ze is dus eigenlijk aangereden?'

Hij knikt.

Ze staat op en zegt graag naar Natasja te willen. Hij pakt haar hand en drukt die stevig. 'Ik ben heel blij dat u hebt willen luisteren.'

'Natuurlijk doe ik dat. Als je merkt dat je weer in de fout gaat, zoek dan hulp. Dat is veel beter dan zelf te blijven tobben.'

'Ik zal erover nadenken.'

Ze lopen samen naar de afdeling, waar Natasja nu ligt. Ze moeten een paar keer een lange gang door en eindelijk komen ze op de kamer, waar ze met nog een paar kinderen ligt.

Natasja begint prompt te huilen als ze Hanneke binnen ziet komen. Tries schrikt ervan en vraagt of ze pijn heeft.

'Ik moet huilen omdat tante Hanneke er weer is.'

Hanneke buigt zich over het meisje heen en geeft haar een kus op haar voorhoofd. Dan gaat ze naast haar zitten. Op de vraag of ze nog veel pijn heeft, zegt Natasja: 'Ik ben niet heel ziek meer. Maar tante Hanneke, mama zei dat uw God dat gedaan heeft. Ik weet dat niet.'

'Weet je ook niet meer dat ik eergisteren bij je was?'

'Een beetje. Eerst dacht ik dat ik gedroomd had, maar mama zei dat het echt waar was. Lief van u, hoor. Maar waar is Joris nu?'

Hanneke vertelt dat hij het niet erg vond dat ze naar haar toe ging. Een glimlach glijdt over Natasja's gezicht. 'Als ik praat, doet het pijn.'

'Niet praten dan.'

'Goed. Maar tante Hanneke, wilt u straks nog even lezen uit uw boek?'

Dat belooft Hanneke, als Natasja eerst een poosje rustig blijft liggen. Even later zien ze haar ogen dichtvallen.

Hanneke gaat nu even met Tries naar beneden om wat te drinken en te eten. Jako blijft bij Natasja. Ook van Tries hoort ze een en ander over haar leven met Jako. Ze is verrast als ze van Hanneke hoort dat hij haar al een en ander heeft verteld. Hanneke merkt dat Tries terughoudender is dan Jako, maar dat vindt ze helemaal niet erg. Ze is tenslotte een vreemde voor hen.

Als ze terugkomen op de zaal, is Natasja weer wakker. Het bijbeltje ligt op haar bed. Hanneke zoekt een eenvoudige geschiedenis op en leest die voor. Ze leest zo zacht mogelijk om de anderen niet te storen. Stil ligt Natasja te luisteren.

Ze zucht als Hanneke het bijbeltje dichtdoet en

op haar kastje legt.

Ze kijkt Hanneke aan. 'Ik heb dank U wel tegen de Heere Jezus gezegd. Want Hij heeft mij toch bijna beter gemaakt?'

'Dat geloof ik vast en zeker.'

'Dan is Hij ook hier in het ziekenhuis?'

Hanneke ziet verbazing en ongeloof in haar ogen.

'Ik heb je toch al eens verteld dat Hij overal is?'

'O ja. Als ik thuis ben, kom ik weer naar u toe.'

Haar ogen vallen weer dicht.

Hanneke kijkt op haar horloge en ziet dat ze al meer dan twee uur in het ziekenhuis is. Ze staat op en zegt tegen Jako en Tries dat ze naar huis gaat.

Ze spreken af dat zij haar elke dag even zullen bellen. De dokter heeft al gezegd dat, als het zo blijft gaan, Natasja over een paar dagen naar een ziekenhuis in Nederland gebracht wordt.

Hanneke zegt dat ze niet mee hoeven te lopen, omdat ze nu de weg wel weet.

Ze streelt even de handjes van Natasja en loopt dan de gang op. Even moet ze zich oriënteren, maar dan ziet ze waar ze heen moet.

Als ze de laatste lange gang door loopt, hoort ze ineens haar naam roepen. Ze blijft staan en kijkt om zich heen, maar ze ziet niemand. En dan hoort ze het weer. Ze kijkt een zaal in en op hetzelfde moment voelt ze zich verstijven. Ze kan geen stap meer verzetten, maar kijkt… Het zweet breekt haar aan alle kanten uit en dan doet ze een paar stappen opzij en leunt tegen de muur.

Een verpleegkundige komt naar haar toe en vraagt of het goed gaat met haar. Ze knikt en wil dan verder lopen, maar haar voeten gaan de zaal in waar iemand haar naam noemde.

Vanbinnen beeft ze en haar hart bonkt haar keel uit. Ze wil wat zeggen, maar er komt alleen een schor geluid uit haar keel. Bij het achterste bed blijft ze aan het voeteneinde staan en kijkt. Er trekt een mist voor haar ogen en ze moet zich even vasthouden aan het bed. Ze zucht diep en dan klinkt het aarzelend: 'Joost?'

'Ik ben het, Hanneke...' Ze ziet tranen over zijn ingevallen wangen biggelen. Is dat die sterke Joost, die nooit ziek was?

Ze ziet een oude man in het bed liggen. Er zit geen haar meer op zijn hoofd en ook zijn gezicht is akelig glad. Ze begrijpt dat hij heel ziek is. Een schreeuw gaat in haar hart omhoog naar God om haar te helpen.

'Ik wilde je nog zo graag een keer zien, Hanneke. Wil je even de gordijnen rond m'n bed dicht doen?'

Ze doet het en blijft weer staan. Ze kan er niet toe komen om naast het bed te gaan zitten. Ze ziet dat het praten hem moeite kost, maar ze luistert. Zijn stem is zwak, maar hij zegt haar dat hij opgegeven is. Hij heeft darmkanker met uitzaaiingen naar lever, longen en lymfeklieren. Dat het zijn eigen schuld is, omdat hij er veel te lang mee is blijven lopen.

Eindelijk durft Hanneke te vragen hoe hij in dit ziekenhuis terecht is gekomen. Het blijkt dat hij met zijn vriendin een paar jaar geleden hier in de buurt is gaan wonen. Toen voelde hij zich al niet goed, maar hij heeft nooit iets verteld. Hij heeft van alles gedaan om het tegen te gaan, maar uiteindelijk was hij te ziek om thuis te blijven. Het snijdt door haar heen als hij haar vertelt dat zijn vriendin het niet aankon en weg is gegaan.

Het blijft lang stil na die woorden. Hanneke heeft het gevoel dat ze stikt. Ze ziet hier een doodzieke man, die bijna vijfentwintig jaar lang haar man is geweest.

Ze dreigt in paniek te raken en met moeite kan ze zich beheersen.

Uit de verte hoort ze zijn stem weer: 'Hanneke, ik heb bijna mijn hele leven in een fantasiewereld geleefd. Ik dacht dat jij daar in zou passen en dat je me in alles zou volgen. Maar dat liep anders dan ik had gedacht. Ik heb nooit rekening gehouden met jouw persoonlijkheid...' Hij zwijgt, omdat het praten te veel wordt voor hem.

Ze zegt weg te moeten omdat haar taxi staat te wachten.

Hij knikt en vraagt dan of hij een hand van haar krijgt. Haar eerste opwelling is te weigeren, maar als ze zijn ogen ziet, loopt ze naar hem toe en pakt zijn uitgestoken hand. Ze weet nog precies hoe die handen eruitzagen.

'Dank je wel, Hanneke... ik houd van jou!'

Ze trekt haar hand terug en rent de zaal af, de gang door, de trappen af, tot ze hijgend buiten staat. Ze huilt en het liefst zou ze ergens alleen gaan zitten.

Maar ze moet naar de taxi, want die staat al lang op haar te wachten. Ze is de chauffeur heel dankbaar dat hij niets aan haar vraagt. Het beeld van Joost neemt ze mee naar huis.

26

Joris is zo blij als ze binnenkomt, maar ze heeft nauwelijks aandacht voor hem. Ze gaat bij de keukentafel zitten en huilt tot ze geen tranen meer heeft. Alle herinneringen komen in volle hevigheid op haar af en ze dreigt eraan ten onder te gaan. Gevoelens van haat, liefde en medelijden strijden om voorrang. Waarom moest ze hem daar nu ontmoeten, en in zulke omstandigheden? Zou hij ook contact met haar gezocht hebben als hij gezond gebleven was? Zou hij zijn laatste opmerking gemeend hebben? Ze heeft zo'n barstende hoofdpijn gekregen dat ze moet overgeven. Ze voelt zich geradbraakt, maar ze wil niet naar bed omdat ze zo bang is voor paniek.

Ze pakt de riem van Joris, trekt haar jack aan en gaat naar buiten. Het deert haar niet dat het regent, ze moet lopen, lopen... proberen te vergeten. Ze komt bij het bankje waar ze de laatste keer met die vreemde vrouw zat. Ondanks de regen gaat ze zitten, want ze moet even uitrusten. Joris gaat onder de bank liggen, want die moet niet veel van regen hebben. De regendruppels vallen van haar capuchon op haar handen, of zijn het haar tranen? Ze weet het niet meer...

Ze kreunt en schrikt dan van haar eigen geluid. Ze ziet zichzelf weer naast het bed van Joost staan. Hoe hij vertelde dat hij niet lang meer te leven heeft. Zou hij al die tijd daar moeten blijven of zou hij naar een verzorgingshuis mogen? De palliatieve zorg is goed, maar dan ligt hij nog alleen. Ze begint heel erg te zweten en ze houdt het niet langer uit op het bankje. Ze pakt de riem en loopt weer verder met Joris. Hoelang ze loopt, weet ze zich later niet meer te herinneren.

Als ze thuiskomt, is ze helemaal op. Haar tanden klapperen tegen de mok warme melk die ze drinkt. Het lijkt of ze met een hamer op haar hoofd slaan. Dit moet ze zo snel mogelijk vergeten, want anders wordt ze nog gek. Ze loopt weer in een doolhof, maar ziet geen enkele uitgang. Met moeite eet ze een banaan en een appel en dan gaat ze naar boven. Ze wil slapen, heel lang slapen en alles vergeten. Ze hoort de telefoon gaan, maar ze heeft geen energie om terug te gaan naar beneden. Ze rilt als ze onder het dekbed ligt. Zou ze ook nog ziek worden? Ziek van ellende dan? Ze kan niet slapen, want haar gedachten komen niet tot rust. Telkens ziet ze Joost voor zich en hoort ze zijn stem. Ze gaat het bed uit, loopt naar het slaapkamerraam en kijkt naar buiten.

'O Joost, waarom heb je mij en Steef zo behandeld? We hadden het zo goed kunnen hebben. Je hebt ons leven geruïneerd. Ik kan je niet vergeven... ik voel het. Ik hoopte alles een keer te kunnen vergeten, en nu deze ontmoeting. O God, help me.' Ze schrikt van haar eigen stem en gaat op het randje van haar bed zitten.

Ze pakt haar bijbels dagboek en slaat het open. Ze zal toch maar even lezen, misschien wordt ze dan wat rustiger. Ze kijkt naar de datum en begint dan te lezen.

Als ze de tekst leest, legt ze het dagboek naast zich. Ze duwt haar handen tegen haar ogen. 'Nee Heere, dat kan ik nu niet lezen... dat kunt U nooit van mij vragen.'

Hoelang ze zo zit, weet ze niet, maar ze voelt zich helemaal koud geworden. Daarom trekt ze het dekbed over zich heen en pakt het dagboek weer. Of ze wil of niet, ze moet het gewoon lezen. Het lijken of de woorden er levensgroot geschreven staan:

Komt herwaarts tot Mij, allen die vermoeid en belast zijt, en Ik zal u rust geven. Neemt Mijn juk op u en leert van Mij, dat Ik zachtmoedig ben en nederig van hart; en gij zult rust vinden voor uw zielen. Want Mijn juk is zacht en Mijn last is licht.

Deze woorden zinken diep in haar hart. Het is alsof de Heere aan haar vraagt of Hij niet altijd de Getrouwe voor haar geweest is. Of het al die jaren haar aan iets ontbroken heeft. Ze krijgt nu heel andere herinneringen en dat verbreekt haar. Door een mist van tranen leest ze verder.

Er komt rust in haar hart, in haar hoofd. Ze vouwt haar handen, maar weet geen woorden voort te brengen. Zo valt ze in slaap.

De volgende morgen heeft ze haar besluit genomen. Ze zal nog één keer naar het Duitse ziekenhuis gaan. Nu niet in de eerste plaats naar Natasja, maar naar Joost. Ja, dat gaat ze doen!